LES JOURS HEUREUX
NE S'OUBLIENT PAS

GAVIN'S CLEMENTE RUIZ

LES JOURS HEUREUX NE S'OUBLIENT PAS

roman

ALBIN MICHEL

À mon père.

One love, one heart. Let's get together and feel all right.

Bob Marley

1

Je déteste prendre l'avion. Patienter des heures, chercher son vol sur un écran, sortir ses papiers d'identité une fois, deux fois, les files d'attente, les sandwichs industriels, trouver son siège, et patienter encore. Chaque fois que je prends l'avion, je m'étonne de voir toute cette foule amassée, ces flots de voyageurs avides de s'arrêter devant la bonne porte d'embarquement, pressés de s'engouffrer dans l'avion. Il n'y a pas de bonne destination, que des raisons nécessaires de fuir. Je n'en ai aucune a priori. J'aurais préféré rester chez moi, à Paris. Auprès de ma femme et de mon fils. Mais surtout ne pas être là. Ma vie, faite de petits non-évènements et de fragiles certitudes, me plaît.

Il aura suffi d'un coup de fil pour que je me retrouve coincé dans cet avion plein à craquer de touristes prêts à dépenser, visiter, courir d'un musée à l'autre pour avoir la bonne photo à publier sur leur Insta. Les interminables films de vacances qu'on visionnait autrefois entre amis ou en famille sont devenus des projections internationales. La course aux influenceurs, la course à la meilleure vie virtuelle est ouverte.

Devant moi, un groupe de jeunes filles glousse. Elles ont des oreilles de Minnie en guise de serre-tête, l'une d'elles a les yeux bandés. Un couple de jeunes amoureux s'enlace, blottis l'un contre l'autre, dans leur bulle. Un homme avec un attaché-case consulte frénétiquement son téléphone portable, deux oreillettes bien calées, et montre des signes d'impatience. Une femme allaite son enfant. Un homme plus loin, en noir, les yeux rougis. Il me rappelle moi, six ans plus tôt, à l'annonce de son départ définitif.

Cette carcasse de fer est un concentré de vies suspendues… Tous ces individus patientent, attendent des instructions. Qui sont-ils vraiment ? D'où viennent-ils ? Le voyage permet de s'oublier, à défaut de se connaître. L'impression d'être emporté dans une transe collective, écrasante.

Je suis assis dans l'avion pour Valence. L'habitacle étroit m'oppresse déjà. J'étouffe. Mes jambes frottent celles de mon voisin. Un Espagnol. Il parle fort à sa femme assise de l'autre côté. Une blonde à poitrine opulente. Elle l'écoute d'une oreille, dévore un panini avec avidité. La climatisation, la musique lancinante, les valises gonflées à bloc qui débordent des coffres à bagages au-dessus de nos têtes, tout ce trop-plein me pèse. L'hôtesse a dû repérer ma nervosité, elle tente de me servir un café soluble et des biscuits secs. Je refuse. Je préfère me ronger les ongles en regardant les moutons nuageux à travers le hublot. Je cherche mes AirPods dans mes poches. Je les glisse dans mes oreilles. J'entends mon cœur battre à tout rompre. Je ferme les yeux.

Depuis la veille au soir, je n'arrive plus à me concentrer. Hier, ma belle-mère Victoire, la nouvelle femme de mon père, m'a appelé. J'étais en pleine conférence de rédaction. J'étais censé présenter les photos pour les trois prochains sujets du magazine sur le yoga à Coco, ma rédactrice en chef. J'étais particulièrement fier de mes trouvailles. Des postures incongrues. Des paysages de rêve inspirants. Des recettes vegan pour anorexiques en mal de bien-être factice. Quand j'ai répondu, au troisième appel, Victoire, sans s'encombrer d'un éventuel « Bonjour », m'a lancé : « Ton père va mal. » Elle ne m'appelle jamais. J'ai marqué un temps d'arrêt. Pourquoi m'appellerait-elle d'ailleurs ? Dans le combiné, j'ai entendu son souffle court. Mon silence a semblé l'énerver davantage. « C'est grave, Gontran. Ton père va mal. Très mal. Il fume, il boit, il se tue à petit feu. Faut faire quelque chose. Moi, j'en peux plus. » J'ai entendu un appel à l'aide. Ni plus ni moins.

J'ai demandé ce qu'elle voulait que je fasse. « Faut que tu viennes, là, je ne sais plus quoi faire. J'ai peur pour lui, Gontran. »

Première fois que ma belle-mère me parlait aussi franchement. Librement. La peur désinhibe. Ses sentiments à l'égard de mon père m'ont semblé sincères. Depuis que nous nous connaissons, nous n'échangeons que des politesses. Avec ses mots très brefs, notre relation passait à la vitesse supérieure. Faut-il attendre les situations les plus graves pour se parler franchement ? Son appel m'a vite laissé un goût amer. Elle connaît mes relations rares, un peu rugueuses avec mon père (euphémisme). Mon père après tout n'a jamais surveillé sa santé, sa vie n'ayant été faite que d'excès et d'abus en tous genres. Je ne suis qu'à moitié surpris. Cherche-t-elle à nous rapprocher de manière un peu brutale ? La peur dans la voix de Victoire à l'autre bout du fil ne semblait pas feinte pour autant. J'ai ressenti son exaspération, j'ai entendu son désespoir. « Viens, Gontran. C'est important. » Coco, ma rédactrice en chef, derrière la vitre du bureau dans lequel je m'étais isolé, a froncé les sourcils : j'ai compris à son visage que je devais être livide à mon tour. « OK, je vois comment je peux m'arranger », ai-je répondu à Victoire.

Coco m'a immédiatement ordonné de partir. Sur un ton catégorique qui n'autorisait aucune contradiction.

« Prends des RTT, t'en as plein. Je crois que ça s'impose, là, non ? Je te signe ta demande tout de suite. Faut que tu y ailles. Ne déconne pas, Gontran. »

Elle connaît par cœur mes histoires avec mon père. Les hauts. Les bas surtout. Elle a toujours été très présente. À mon mariage, à la naissance de mon fils, à la mort de ma mère. Une collègue, une chef, une amie. Comme une seconde mère.

Mes histoires de famille, elle, la vieille fille orpheline, la fascinent.

Et je crois qu'elle a toujours eu un faible pour mon père.

– Il me fait un peu penser à Richard Gere, dit-elle à chaque fois que je lui montre une photo de lui.

– Bah si lui, c'est Richard Gere, Pretty Woman, elle a morflé !

J'aime Coco. Sa voix rauque, son odeur de Gauloises, ses longues robes qui camouflent un corps difforme d'un mètre cinquante-cinq et ses tonitruants éclats de rire à faire trembler les murs quand elle rédige l'horoscope de la semaine. « Argent : arrêtez de compter. Sexe : ah bah, si ça peut servir. »

– Va. Vite. Je veux plus te voir. Et fissa, me lâche-t-elle en me désignant la porte de l'open space.

J'ai attendu d'appeler Claire, ma femme, pour me décider. « Ton père nous emmerde depuis tellement de temps, a-t-elle répondu, expéditive et blasée. C'est quoi, sa dernière trouvaille ? Un infarctus du doigt de pied ? Un peu plus, un peu moins… ça ne changera pas grand-chose. Vas-y, si ça peut te rassurer. Mais tu sais ce que j'en pense. Je ne peux pas rester longtemps en ligne, Gontran. Mes boss américains attendent ma présentation. Tu peux quand même t'occuper de Léo ce soir ? Rassure-moi : tu ne pars pas aujourd'hui ? »

Sur mon portable, j'ai vérifié. Les premiers vols pour l'Espagne et Valence étaient annoncés pour l'après-midi du lendemain. Sans vraiment réfléchir, j'ai acheté mon billet en ligne, et reçu la validation de mes RTT dans la foulée. Michel, mon vieux collègue, a trouvé surprenant que je m'absente aussi subitement. Comme à son habitude, il a râlé. En temps normal, j'aurais écouté ses réflexions. Mais les mots de Victoire tournaient en boucle. « Ton père va mal. Très mal. »

J'ai fait des cauchemars toute la nuit. Mon père pilotait l'avion qui me menait à lui. Il me forçait à faire un saut en parachute, mais ne sautait pas. J'ai eu peur que ces mauvais rêves soient prémonitoires. J'ai rejoint l'aéroport, épuisé. Là, j'ai vu tous ces hommes, toutes ces femmes, ce groupe d'amies aux oreilles de Minnie, cette femme et son bébé, ce type avec son attaché-case, tous plus heureux les uns que les autres de quitter ces lieux pour différentes raisons. J'ai tenté de me fondre dans la foule. Pour faire comme eux, mais je traînais les pieds. J'ai levé la tête et j'ai vu l'horaire de mon vol. Impossible de reculer. J'ai montré mes papiers, rangé ma valise tant bien que mal. J'ai salué mon voisin avec ses genoux proéminents et ses grosses cuisses. J'ai inspiré lentement, je me suis rassuré comme j'ai pu.

Voilà. Je suis prêt. Je replace mes AirPods. Mon cœur bat toujours aussi vite.

Les voyages, j'en suis certain désormais, épuisent plus qu'ils ne consolent.

2

Mon père n'a jamais rien fait comme les autres. Toujours à côté de la plaque et à en faire des tonnes. À chaque anniversaire, il m'emmenait dans des magasins de jouets et m'achetait bien plus que ce que je souhaitais.

Pour les vacances, mes parents ne planifiaient rien. C'était l'improvisation totale. Mes copains séjournaient à la mer, à la montagne, à la campagne… Moi, je passais des semaines dans une roulotte au milieu d'un champ ou encore dans un B&B de la province du Gutland, parce que mon père avait manqué la sortie pour Calais et l'Angleterre et que nous nous étions retrouvés sur un ferry pour le Danemark à Ostende…

Le jour de ma naissance, mon père n'était pas là pour couper le cordon. Représentant de commerce dans l'ouest de la France, il est arrivé trop tard à cause de la neige. Au moment de déclarer mon prénom, il a voulu m'appeler Mickey. L'agent d'état civil – le même qu'à leur mariage – a refusé. Mes parents ont réfléchi pendant deux jours. Quand mon père y est retourné, il a proposé Donald. Capitaine Crochet a refusé à nouveau, malgré son statut de témoin. Une semaine après ma naissance, mes parents ont finalement opté pour Gontran. Oui, Gontran, comme l'ami de Donald et Mickey. Étrangement, j'ai toujours détesté les films Disney. Et tout autant les souris.

Mon père est aussi hypocondriaque. J'ai trente-neuf ans. Il a déjà dû mourir trente-neuf fois depuis ma naissance. Et ressusciter autant de fois. Des crises cardiaques, des cancers du côlon, du poumon, des attaques cérébrales, j'en passe et des meilleures. Quand le cancer de ma mère – un vrai – s'est déclenché, il était presque déçu que cela ne tombe pas sur lui, depuis le temps qu'il s'y préparait.

3

– Tu as fait bon voyage ? me demande mon père, d'un ton pète-sec.

Quand je l'embrasse, mal rasé, ses cheveux gris en bataille et visiblement gras, je suis saisi d'un haut-le-cœur. Un relent âcre dans son sillage m'agresse, comme une odeur de chien mouillé. Je mets ça sur le dos de l'atmosphère ibérique. Il fait lourd pour un mois d'avril.

– Très bon, je réplique. Sauf que je m'attendais à te trouver à l'hosto, à l'article de la mort. Et que, quand je te vois, là, j'ai l'impression que tu n'as jamais été aussi en forme.

Il porte un short de jogging trop large à élastique pour dissimuler une bedaine qui prend de plus en plus de place. Mon fils, petit déjà, lui tapotait le ventre en le surnommant Grobelix. Il n'a jamais si bien porté son surnom. Aux pieds, des Crocs orange. Et un bronzage à faire hurler un dermatologue.

– Et moi ? renchérit mon père. Tu crois que ça ne me surprend pas, ton hystérie au téléphone : « J'arrive ! J'arrive ! », comme ça, en pleine semaine, comme si c'était une question de vie ou de mort ! Qu'est-ce que t'as fait de Léo ? Et Claire ? Ils ne sont pas avec toi ?

Je fais signe que non et enchaîne.

– Et Victoire ? Elle n'est pas là, elle non plus ?

– Elle s'est barrée. Un puits à creuser au Togo ou je ne sais où. J'en ai rien à foutre.

Je commence à comprendre que Victoire m'a tendu un piège dans lequel je suis tombé à pieds joints.

– Barrée… barrée ?

Mon père élude. Je sens que la situation est tendue.

Je monte à bord de la vieille camionnette dont la portière couine. Je ne sais pas comment un tel engin peut encore rouler. La même odeur nauséabonde qui entoure mon père envahit l'habitacle couvert de poils. Le temps de me boucher le nez, deux grosses pattes velues tachetées de noir et de blanc s'abattent sur mes épaules et une longue langue râpeuse commence à me lécher le visage.

– Il est très tactile, lance mon père, en guise de présentations.

– Mais… c'est quoi ça ?

– Bah, mon chien. Quelqu'un l'a abandonné devant ma porte. Toute une portée. On en a tous pris un avec les voisins. Moi, j'ai hérité du mâle. J'hésite. Je ne sais pas. Peut-être un croisement de dalmatien avec un berger allemand. En tout cas, debout, il est plus grand que moi et il pèse déjà quarante-huit kilos, t'imagines, à même pas un an !

– Pas trop, non. Et il s'appelle comment ?

– Gontran.

Je reste sans voix.

– Gontran ? Mais tu te fous de moi, là, papa ? Tu as appelé ton chien comme… moi ?

– Bah quoi ? Je te vois plus, de toute façon. Tu ne viens jamais ! Ça ne change rien ! Si ?

– Déjà que m'appeler Gontran, ce n'est pas la meilleure idée que tu aies eue dans ta vie. Mais de là à pousser le vice jusqu'à donner le même nom à ton chien…

– T'as tort de t'énerver. C'est plutôt un hommage, tu sais… Quand je l'ai vu, dans ma main, une petite boule de poils, j'ai tout de suite pensé à toi à la maternité dans mes bras. Il ronflait, il pétait, et il me léchait…

– Et ça, ça t'a fait penser à moi ?

– Non, c'est juste que j'ai eu envie de rattraper le temps perdu.

– Avec ton chien ?

– Non. Enfin, oui. Enfin avec toi, quoi ! J'ai le sentiment d'être passé à côté de toi, Gontran. J'ai l'impression que nous deux, on ne s'est jamais bien compris.

Alors, avec Gontran, mon chien, précise mon père en insistant bien, j'ai essayé de… j'ai fait comme si…

Il cherche ses mots.

Moi, je bouillonne intérieurement. Me taper une heure de RER, deux heures de vol, m'asseoir dans un taudis au milieu de cette odeur de chien mouillé pour entendre mon père m'annoncer qu'il veut se racheter une conduite via son chien qui porte le même nom que moi… j'ai du mal à encaisser.

Mon père s'arrête de parler. Son ventre entrave le volant. Il tourne alors la tête vers moi. Dans un réflexe rapide, je regarde vite la route, puis lève les yeux vers mon père. Et sur ses joues, je vois couler des larmes.

4

– Papa ?

Ce mot dans ma bouche résonne bizarrement. Depuis combien de temps ne l'ai-je pas prononcé ?

Je le regarde en biais. Mon père renifle sans même chercher à s'en cacher, à la recherche d'un mouchoir dans le vide-poches gavé de prospectus en tous genres.

Gontran, le chien, est venu poser une patte sur son épaule. Puis sur la mienne.

Je me représente la scène : mon père et moi, Gontran entre nous. Manque plus que Céline Dion pour envoyer « Parler à mon père » et on est bon pour le mélo à deux balles.

– J'en peux plus, Gontran, se reprend-il.

– À qui tu parles ?

Je tente de détendre l'atmosphère.

– Arrête. Tu me manques, Gontran. Ta mère me manque. Je crois que je n'arrive pas à faire mon deuil.

Je n'arrive pas à vivre sans elle. Elle était chiante, mais je crois que c'est pour ça que je l'ai aimée.

Six ans que ma mère est morte. Six ans que nous nous sommes retrouvés, mon père et moi, un matin d'août à dire au revoir à cette femme dans un lit bien propre. À fermer ses yeux. À l'embrasser sur le haut de son crâne clairsemé. Ma mère a eu la mauvaise idée de mourir un jour d'été. Depuis, c'est l'hiver toute l'année. Égoïstement, je pensais que ce n'était le cas que pour moi. Visiblement non.

– Pourquoi tu ne m'as rien dit ?

– Tu ne me poses jamais de questions, m'accable mon père, d'un ton redevenu cassant. Tu fais ta vie comme si je n'existais pas. Et je n'aime pas déranger. Alors je me tais. Mais là, j'en peux plus. C'est Victoire qui t'a appelé ?

J'opine de la tête, Gontran collé à mon visage. Je commence à le caresser.

– Qu'est-ce qu'elle t'a dit ?

– Qu'il fallait que je vienne. De toute urgence.

Je jette un œil sur lui. Je vois son profil, son cou engoncé dans un vieux tee-shirt que je mettais ado. Je remonte le fil du temps, et repense à ces trajets matinaux où il m'emmenait à l'école, une Peter Stuyvesant au bord des lèvres, un cigare les jours de fête. Il roulait à tombeau ouvert et se faisait une fierté de m'emmener en treize minutes tous les matins, quand il fallait minimum trente aux parents de mes copains. On écoutait Bob Marley et les Creedence Clearwater Revival à tue-tête. Je n'aimais pas cette musique. Je n'aimais pas l'odeur de la cigarette. Je ne pensais qu'aux interros et aux devoirs sur table que je devais assurer. J'étais trop bien élevé, trop appliqué. Pourtant, je me construisais des souvenirs avec ces sons, ces senteurs. Les souvenirs d'un temps béni.

Mon père cherche le bouton on/off du radiocassette. Un titre de Bob Marley se met à retentir dans l'habitacle. *One love, one heart. Let's get together and feel all right.* Tu parles.

Les larmes de mon père redoublent.

– J'y arrive plus Gontran. Je suis à bout. J'ai mal partout.

– Ça ne change pas, tu me diras.

– Arrête. Tu as toujours voulu me faire la leçon, en fait. Déjà quand tu étais petit.

– Moi ? Tu rigoles ou quoi ? C'est toi qui m'as toujours écrasé avec ta grosse voix, tes cigares, tes coups d'éclat. Maintenant, quand je rentre dans un magasin, je dois répéter deux fois ce que je veux pour que la vendeuse m'entende. À mon entretien annuel, ma rédac' chef, Coco, m'a dit qu'il fallait que je m'affirme plus. Et pourquoi, à ton avis ? Parce que toute ma vie, tu m'as étouffé.

Bob Marley s'excite à son tour dans l'autoradio et semble prendre part à la discussion. « Laisse-les dire toutes leurs sales remarques », chante le Jamaïquain.

Mon père, le ventre engoncé dans le volant, ne bronche pas.

– Je pouvais être comme ça, c'est vrai, parce que c'est ta mère qui me portait. J'étais cet homme-là, grande gueule, parce que ta mère était là. C'est parce qu'elle vivait à mes côtés que j'étais ce type-là. C'est grâce à elle, tu sais, que je suis devenu ce que je suis. Avant elle, j'étais qu'une merde. Sans elle, je suis redevenu une merde.

– Plus belle déclaration d'amour jamais prononcée. Bravo, j'applaudis. On dirait presque du Bob Marley.

Gontran me lèche la joue comme s'il validait mes propos. Lui aussi doit en avoir marre d'entendre les lamentations de mon père. À croire qu'il comprend tout ce qu'on se raconte.

– Par contre, je ne sais pas si elle m'aimait autant que je l'aimais.

5

Lorsque j'arrive dans la maison de mon père, je réalise que c'est la première fois que je viens seul ici. Je n'ai jamais vu cette maison autrement qu'avec mon fils et ma femme. L'été, quand le soleil brille et que les orangers ploient sous le poids des fruits mûrs. Il habite ici depuis cinq ans maintenant. Une sorte d'hacienda, toute blanche, avec des appentis pour se protéger du soleil. Devant trônent en majesté une grande piscine et une drôle de statue. Une déesse quelconque. Au fond de la propriété, sur un vaste terrain nu, une espèce de hangar où tout un bazar est entassé, des cartons, son établi et plus loin encore, des orangers à perte de vue. De l'autre côté, sur la colline d'en face, des champs cultivés, et un arbre, un seul, en ligne de mire.

Et tout à coup, là, à l'aube d'un été rayonnant, sous un soleil déjà haut, je comprends sa tristesse. Tout est barricadé, sombre, les fenêtres fermées, des relents d'amertume flottent dans l'air. Quatre bouées gonflables aux effigies de canards et de toucans criards dérivent patiemment au gré du vent sur la piscine. L'accès au toboggan est condamné et les transats empilés les uns sur les autres. On n'annonce pas mieux la fin d'une saison. Ou d'une vie.

– Tu veux une bière ? J'ai du rosé aussi.

– Du blanc, tu en as ?

– Tu bois du blanc, toi, maintenant ?

– Y a un début à tout.

Mon père boit sa première canette de bière cul sec avant même de me servir, et en décapsule aussitôt une seconde dans l'intervalle.

– À la tienne. Et désolé pour tout à l'heure… Je ne voulais pas.

Il tend sa canette XXL en l'air. Je tire deux transats de la pile et je m'assois au bord de la piscine. Ni les chaises longues couvertes de toiles d'araignées ni la piscine n'ont été nettoyées depuis des lustres, je fais une grimace. À ma tête, mon père réagit immédiatement.

– Je n'ai pas encore eu le temps.

– Pas la peine de t'excuser. Tu as le droit.

– De quoi ?

– De pleurer. De ne pas nettoyer ta piscine. T'as la vie devant toi, non ? T'as plus que ça à faire, après tout.

Il émet un soupir, à moitié convaincu.

– C'est bien ça, le problème. Je m'emmerde. Tu y penses parfois, toi, à ta mère ?

– Tout le temps. Tous les jours. Tous les jours à la même heure, je regarde ma montre à 9 h 37 et je nous revois dans cette chambre d'hôpital. Je la vois partout. Je l'entends partout. Elle m'engueule tout le temps. Mais je souris bêtement. Je n'arrive pas à ne pas y penser. J'ai essayé. Mais ça me revient toujours en pleine tronche.

– Victoire veut qu'on se marie.

Mon père lâche ces mots comme un uppercut. J'étire mes pieds dans mes baskets jusqu'au bout du transat pour faire diversion. Gontran nous a rejoints. Dans sa gueule, une sorte de raquette. Il la tend à mon père.

– Bon chien, bon chien, maugrée-t-il en lui tapant sur le flanc.

Gontran tombe à pic. Mon père et lui semblent très complices. Un joli duo. Je n'irai pas jusqu'à dire que je suis jaloux, n'exagérons rien, mais pas loin.

– C'est quoi ? je demande en montrant la raquette du menton.

– Une tapette à moustiques électrique.

Mon père articule fièrement chacun de ses mots.

– Regarde. Ils passent par-là, ces salauds, m'explique-t-il très sérieusement, détaillant le tamis de l'index, et « bzzz », ils sont électrocutés. J'ai trouvé ça au bazar du village. Ça vient de Chine. J'en ai acheté dix. Je t'en donnerai une si tu veux, c'est hyper efficace, tu verras.

Une tapette électrique et son mariage avec Victoire. Sur le même plan. Tout mon père. Je ne relève pas, je suis scotché, incapable de bouger un orteil désormais.

Ma mère, sur son lit de mort, a fait promettre à mon père de se remarier. « T'es trop jeune pour être veuf, faut que tu te trouves une femme. Et vite. » Six mois plus tard, Victoire a débarqué. Ils se sont rencontrés sur un chantier au Mali. Mon père avait accompagné son ami Paul pour se changer les idées. Victoire était là. Ils ont vite échangé.

– À nos âges, on n'a plus de temps à perdre pour les préliminaires, m'a confié mon père à son retour. Cela te dérange si Victoire vient vivre à la maison ?

Sur le moment, j'ai trouvé sa requête très touchante. Désarmante. Presque enfantine. Le père qui demande l'autorisation à son fils pour sortir avec une femme… Pour le moins surprenant. Presque charmant.

– Tu crois qu'on m'en voudra ? a-t-il ajouté alors. Qu'on ne pensera pas que je remplace ta mère, si Victoire vient vivre avec moi ?

Sa démarche n'était pas anodine. Il voulait prendre le pouls. S'inquiéter de l'avis des autres, de notre famille. À mes yeux, sa question ressemblait plutôt à une bouteille jetée à la mer par un type paumé qui se retrouvait sur le marché.

– Je ne fais rien de mal, a-t-il tenu à préciser ce jour-là. J'essaie juste de survivre, Gontran. Et avec Victoire, j'ai l'impression de revivre un peu.

Je n'avais pas à juger mon père. J'avais accepté toutes ses décisions. Les bonnes comme les mauvaises. Secrètement, je crois même qu'il m'impressionnait de réagir encore. Après le décès de ma mère, j'étais tellement au fond du trou, incapable de choisir entre des pâtes carbonara ou bolognaise, des chaussettes bleues ou vertes, que je n'aurais pas eu le courage de prendre une telle décision. À sa manière, il respectait les dernières volontés de sa femme. Il refaisait sa vie. Il allait être heureux. C'est tout ce qui comptait. Qu'importe l'avis des autres.

– La tapette électrique, je m'en tape, papa. Tu as accepté sa demande en mariage ?

– J'ai dit non.

6

– Tu peux me dire ce que c'est que ça ?

– Bah, le repas, s'étonne mon père.

Devant moi, sur la table, des petits emballages blancs en plastique, dont il a à peine retiré l'opercule. Du riz, du quinoa, des légumes, qui semblent avoir été cueillis et cuisinés au siècle dernier, baignent dans une sauce infâme.

– Mais… ça se mange ?

Je repousse l'ensemble de dégoût. Mon père émet un râle d'agacement.

Gontran demeure posté assis à ses côtés dans l'attente des restes. Il va être gâté avec moi.

– T'as pas de la salade, des fruits frais ? Une boîte de thon ? Un truc qui se mange, quoi ?

Mon père semble complètement tomber des nues.

– J'ai des ananas au sirop en conserve si tu veux dans la réserve. Et prends une boîte de thon si ça te fait plaisir, j'en ai acheté pour le chien.

Je marque un temps d'arrêt. Manger la même chose que le chien, être rabaissé à son clébard, j'en reste bouche bée.

– Ça ne te gêne pas de me proposer de bouffer la même chose que ton chien qui porte le même prénom que moi ?

Gontran commence à remuer la queue, trop content visiblement de partager un repas avec moi. Mon père hausse les sourcils, de plus en plus circonspect.

– Bah quoi, tu me demandes à manger, je te dis ce qu'il y a. Fais comme chez toi, répond-il avec une nonchalance désinvolte.

Les repas avec mes parents ont toujours été un problème.

Ma mère a suivi six cent soixante-dix-neuf régimes dans sa vie pour garder une ligne parfaite. Et mon père n'a jamais apprécié de passer plus de vingt minutes à table. Pas une de plus.

Il n'aime pas attendre en général, pour les repas en particulier, et le micro-ondes est son meilleur ami.

Le repas ne sert à rien, une perte de temps, il faut que ça aille vite.

D'où les plats préparés sous vide par dizaines dans sa réserve que je découvre effaré.

Je n'ai pas de souvenirs de discussions autour d'une table à manger avec mes parents, excepté les jours de fête. On passe à table comme on se lave les dents. Une corvée comme une autre.

Dans mon enfance, nous mangions sur des tabourets, à un bar, face à la télé. Convivialité zéro.

Voilà sans doute pourquoi j'ai instauré les repas quotidiens avec Claire et Léo où chacun raconte ses histoires, s'écoute et profite d'être une famille. Je ne suis pas un cordon bleu, mais j'essaie de cuisiner un peu. J'aime ce moment de partage.

Je m'assois, face à la boîte de thon de Gontran, sans grand entrain, et je regarde mon père s'enfiler une nouvelle bière. J'ai arrêté de les compter.

– Tu vis comme un éternel étudiant, en fait.

Enfant, mon père et moi faisions des concours : à celui qui mangerait le plus de saucisses Knacki. Je trouvais ça drôle à l'époque. Où ma mère était-elle alors ? Je ne sais pas. Au travail ou ailleurs. Souvent je gagnais, avec l'envie de vomir pour l'après-midi, l'estomac au fond des talons. Mon père s'amusait aussi à me faire des hérissons en tomates avec des épines en œufs durs recouverts de mayonnaise. Il tranchait les tomates en deux, lardait leurs « dos » de fines tranches d'œufs durs et faisait un nez, des yeux, une bouche, avec de la mayonnaise qu'il confectionnait sous mes yeux ébahis. Et je dévorais ce que je pensais être des mets précieux. Les yeux de l'enfance pardonnent tout.

Mon père dévore toujours autant de mayonnaise, industrielle désormais, et plein d'autres sauces grasses pour faire passer le goût abject des aliments qu'il ingère. Comme je le comprends.

Je termine ma boîte de thon comme on fume une cigarette avant l'échafaud.

Gontran émet une sorte de gémissement de contrition.

– Tu en voulais ? je demande au chien.

Il gémit un peu plus.

– Tu manges comme ça tous les jours ?

Les yeux de Gontran répondent avant mon père qui termine son riz baignant dans une sauce marronnasse.

– Oui, pourquoi ?

– Non, c'est juste pour savoir. Disons que ça m'aide à comprendre certaines choses. Victoire aime bien manger pourtant ?

– M'en parle pas… des pâtes aux truffes… des côtes de bœuf… des queues de lotte… j'en passe et des meilleures. Moi, je n'aime pas tout ça. Ce n'est pas mon truc.

– Tu m'étonnes… J'avais deviné.

– Manger, ce n'est pas pour se faire plaisir. C'est juste pour alimenter la carcasse.

– Visiblement, tu l'alimentes bien.

– Si je pouvais, je ne mangerais pas. Une bière, tu sais, ça me suffit.

– Ou deux. Voire trois.

Je suis au bord du suicide culinaire. Du suicide tout court.

Je rêve de salades de fruits, de légumes mijotés, de viandes juteuses… pour n'avoir droit au final qu'à une boîte de thon pêché il y a mille ans.

Mon père est-il bien mon père ? Au vu de sa crinière et de sa barbe poivre et sel, il n'y a pas de doute. On se ressemble beaucoup physiquement. De plus en plus. Je pense à mon année de fac de psychologie vite écourtée. L'être vivant grandit en s'opposant. Suis en plein dedans. Je crois que ça fait même trente-neuf ans. J'attrape un bout de pain industriel tout dur, et tente tant bien que mal de saucer l'huile de tournesol rance et visqueuse au fond de mon assiette.

7

Mon père m'installe dans la petite chambre au dernier étage. Mon fils l'a surnommée le donjon. Une excroissance sur le toit de l'hacienda. De là, j'ouvre la porte-fenêtre et me faufile jusqu'à une petite terrasse. Dans la nuit noire, aucun bruit, à part les chiens qui se répondent au loin, et le vent dans les tilleuls. Un petit théâtre nocturne qui m'apaise et me rappelle mes premières nuits d'adolescent, à faire le mur pour aller fumer des cigarettes, des Peter Stuyvesant, que je volais dans le paquet de mon père. Je lui en ai piqué une ce soir dès qu'il a eu le dos tourné. Comme au bon vieux temps. Je l'allume et des étoiles se mettent à briller instantanément. Des éclats lumineux qui me réconfortent. Je n'ai jamais cru aux signes, aux manifestations, mais là, à ce moment-là, j'aimerais bien y croire. Me regarde-t-elle ?

Je n'ai pas fait le deuil de ma mère.

Je ne le ferai jamais.

À quoi bon ?

Est-ce nécessaire ?

Je ne crois pas.

Elle est là, éternellement.

Assise à côté de moi.

Elle me regarde, me parle, me tape sur l'épaule, me serre dans ses bras.

J'ai trente-neuf ans et elle m'a laissé sur le bas-côté. J'aurais pu m'y attendre.

Cent trente-huit chimiothérapies. Elle alignait des bâtons sur le mur de leur chambre, à côté de la toise où elle me mesurait enfant.

Des rendez-vous avec des spécialistes en tous genres. Même des spécialités inconnues.

Des rencontres extraordinaires aussi.

Des messages à nous faire hurler de rire.

« Avec tout ce qu'ils me mettent dans les veines, j'ai l'impression d'être une luciole. Bientôt, je vais briller dans la nuit. »

Je regarde tout le temps maintenant si je ne vois rien dans l'herbe du jardin au cas où.

Elle aimait les autres. Elle m'aimait très fort. Trop peut-être. Je m'en rends compte aujourd'hui. J'ai dû apprendre à vivre sans cet excès d'amour. Sans cette femme qui m'appelait pour me dire un simple « Je t'aime, mon chéri ».

J'ai gardé ses messages audio sur mon téléphone.

Je me les passe en boucle comme on écoute la playlist de son adolescence.

Je n'ai pas supprimé son numéro de téléphone de mes contacts.

Et régulièrement, je l'appelle. Un jour, une voix m'a répondu. Une voix de femme et j'ai cru. Mais non. J'ai expliqué que c'était une erreur.

Oui, la mort d'une mère est une erreur.

J'allume une autre cigarette. Je n'ai jamais vraiment fumé. J'aime le goût. La sensation de ne plus sentir mes doigts, mes jambes, et la tête qui me tourne.

– Tu fumes, toi ?

Mon père m'a grillé.

– J'aime bien, quelquefois, dis-je, sans même tenter de me justifier. Privilège de l'âge. Par contre, toi, tu devrais arrêter…

– J'aime bien, quelquefois…, répond-il, du tac au tac.

– T'as vu ton bide ? Avec la clope par-dessus le marché… Et je t'ai vu boire tes bières cul sec tout à l'heure. Je ne sais pas si c'est le meilleur régime pour tenir la distance.

– Qui te dit que je veux tenir la distance ? T'es pas mon père, ni ma mère. Je fais ce que je veux.

Mon père monte tout de suite dans les tours quand on lui parle. Encore plus quand on lui parle de lui. Les arbres semblent s'être arrêtés de bouger pour l'écouter, tant sa voix porte. Grave. Tonitruante. Une voix de fumeur. Coco adorerait. Quand j'étais petit, il suffisait qu'il parle pour que j'obéisse. Avec le temps, j'ai compris que ce n'était pas une grosse voix, qu'il ne s'agissait que de coups de colère et que ce n'était pas vraiment non plus la solution pour avancer. Au contraire. Je lui demande de baisser d'un ton. Il paraît surpris. Sous sa carcasse de gros ours mal léché, je sens la fragilité de l'homme abattu. Sa femme le tenait à bout de bras. Il racontait sans cesse que c'était un coup de foudre. Qu'il avait été aveuglé par sa beauté. Au point de s'abandonner totalement ?

– Tu aurais préféré que je meure à sa place, hein ? me demande-t-il entre deux bouffées sans reprendre son souffle.

Les cendres incandescentes de sa cigarette me foudroient.

Je ne sais pas quoi répondre.

Que dire ?

Si je dis non, il me dira que je mens.

Si je dis oui, il me dira qu'il savait.

Après la disparition de ma mère, j'y ai pensé. Peut-on choisir entre un père et une mère ? Impossible. Pourtant. Quand l'un part, des questions surgissent. Je n'ai jamais été proche de lui. La première fois que j'ai essayé de décrire mon père à Claire, je l'ai dépeint comme une énigme. La première fois qu'elle l'a rencontré, elle a compris. Il ne lui a pas adressé la parole. « Un peu chelou ton père, non ? » Il ne lui a d'ailleurs jamais vraiment parlé. Elle ne l'a jamais mal pris, n'ayant rien à lui dire non plus.

Mon père vit dans une bulle. Sa bulle. Rien ou presque ne peut y pénétrer. Ma mère en était la reine, Gontran son chien en est devenu le dauphin.

– Tu ne m'as pas répondu. Tu aurais préféré, non ?

Je garde le silence.

8

Je dors dans les draps Tintin de mon enfance.

En déménageant toute la maison de Normandie où il vivait avec ma mère vers l'Espagne, mon père a transposé mes souvenirs sous d'autres latitudes.

Qui était le petit garçon de sept ans dans ces draps-là ?

Le verre à dents, je l'ai rapporté d'un voyage scolaire de fin d'année.

La lampe Mickey servait à m'éclairer le soir jusqu'à pas d'heure, quand ma mère passait pour me dire d'éteindre : « Il est très tard, mon chéri, tu vas être fatigué demain. » Elle rechargeait mon stock de bouquins à lire, François Mauriac, Racine, Jean Giono, Stendhal, – Mathilde de La Mole, mon premier émoi. Plus grand, elle m'a posé un roman d'Hervé Guibert. J'ai lu *Le Protocole compassionnel* sous son regard à seize ans. Gonflé. Ce livre m'a marqué. J'y ai souvent pensé. J'y pense encore. *Le Journal du dehors* d'Annie Ernaux, aussi. Elle m'avait dit : « Lis. Tu comprendras quand tu seras grand. » Aujourd'hui je comprends, mais il est trop tard.

Au réveil, je retrouve Gontran étendu sur ma peluche pingouin. Un énorme pingouin que j'avais eu à Noël, l'année de mes huit ou neuf ans. Le chien s'astique gaiement dessus. Je manque de lui dire d'arrêter. Et puis je le laisse faire. Après tout…

– J'ai l'impression que Gontran aime les pingouins, commente mon père, à peine surpris par ce coït ininterrompu.

Mon père, qui déambule sans but précis en pyjama informe, dans la robe de chambre bordeaux de ma mère tout aussi élimée.

Des fils électriques pendent aux murs.

Une cheminée est en cours de revêtement dans le salon.

Dans la cuisine, une place prévue pour le lave-vaisselle reste vacante.

Cette maison est un immense chantier. Comme la vie de mon père. Mon père aime bricoler. Fabriquer. Passer des heures à rafistoler. « Je suis les mains, elle est la tête », répétait-il sans cesse, quand ma mère et lui se présentaient chez des amis.

Moi, au contraire, je n'ai jamais aimé bricoler. J'ai confondu un clou et une vis jusqu'à mes quinze ans. Au grand désespoir de mon père. Il me rêvait charpentier, plombier, ferronnier d'art, comme lui, sa formation d'origine. Je ne sais toujours pas changer une chasse d'eau et j'appelle le gardien quand les plombs disjonctent dans l'appartement.

– T'as jamais aimé ce que j'aime, en fait, constate-t-il, un peu amer, en voyant ma perplexité devant l'étendue des travaux encore à réaliser.

Au volant de sa Mercedes, quand il me déposait devant l'école, il faisait crisser les pneus. Pour moi qui ai horreur de me faire remarquer, c'était un supplice. Vers dix ans, je lui ai demandé d'arrêter, de me déposer ailleurs et plus jamais devant le portail.

– T'as toujours eu honte de moi.

Je le regarde dans sa vieille robe de chambre et peine à comprendre ce qui nous lie.

Moi qui ne supporte pas de sortir sans avoir mis au minimum un polo ou une chemise. Moi qui me lave tous les jours, même si Claire m'a expliqué à quel point c'était mauvais, me fais un shampooing tous les deux jours, me rase chaque semaine avec le même sabot position trois, me coupe les ongles tous les dimanches soir. Je m'habille en bleu marine depuis mes treize ans. La seule fantaisie de mon armoire est une chemise rose, parmi les sept autres bleues. Le week-end, je me douche avant que mon fils se réveille. Je crois qu'il ne m'a jamais vu nu. Ostensiblement, là, au moment où je lui parle, mon père n'a pas mis de caleçon, encore moins de slip.

– Papa…

– Quoi ? C'est vrai, non ?

– C'est pas ça… mais mets un slip quand même !

– Oh, arrête. Fais pas ton pudique. C'est moi qui t'ai fait.

– Oui, et pas l'inverse…

Depuis le décès de ma mère, j'ai l'impression d'être devenu le père de mon père. Il m'appelle encore pour connaître son code de carte bleue. Il s'étonne que ses impôts soient déclarés. « C'est automatique, ces trucs-là ? » Oui, papa, quand ton fils fait ta déclaration, on peut dire que c'est automatique, en quelque sorte.

Mon père a toujours aimé se faire remarquer.

Il fallait l'écouter, être en admiration devant lui. Hélas, je n'ai jamais été un bon spectateur. Ma mère partie, la salle s'est vidée d'un coup : il a compris que c'était elle qui tenait la boutique. Il a cherché à me confier la caisse, mais j'avais ma vie. Et surtout pas le souhait d'être en pâmoison devant cet homme.

– De toute façon, j'ai plus qu'à me suicider.

– Pas à moi, papa. Je te connais par cœur. Dans cinq minutes, tu vas tomber par terre. Simuler un infarctus. On appellera les pompiers et tu seras déjà sur pied à leur arrivée. Tu détestes les hôpitaux. Tu détestes le sang. T'as peur des piqûres. Les médecins, c'est pour les gens malades, tu le répètes sans arrêt. Tu n'es pas malade, papa. Tu es juste triste. Et veuf. Ça fait beaucoup pour un seul homme. Mais tu n'es pas le premier, ni le dernier à qui cela arrive.

– Tu verras quand tu auras mon âge.

– Bah, j'espère que je serai un peu moins con.

9

Pour récupérer, pour souffler un peu, je tente de m'extraire du bunker, après avoir poussé deux portes et une grille de protection. Mais de qui mon père a-t-il donc peur pour vivre ainsi retranché ? Je regarde la piscine devant moi, me déshabille et plonge. Malgré les guêpes en PLS à la surface, malgré mon père, malgré moi. Je sens l'eau sur mon corps, l'eau encore fraîche de la nuit. J'ouvre les yeux. Et je vois. Le bleu sombre, l'immensité, et j'apprécie cette aisance de mes mouvements, cette fluidité. Je me sens libre dans ce liquide. Je pense à toutes ces années où je craignais le fond de la piscine, les trappes d'évacuation, la peur de tomber nez à nez avec… avec quoi ? Je ne sais pas. Les peurs enfantines qui nous terrassent. Le temps d'une brasse, elles s'évanouissent toutes. J'ai quarante ans bientôt et je ne suis plus un enfant. Je ne m'en étais pas rendu compte avant. Je comprends sous l'eau que j'ai des envies, des souhaits, que je ne suis plus soumis à cette lignée. La famille nous impose des règles de respect, de morale aussi. Faut-il s'en défaire ? Peut-on (doit-on ?) partir un jour et tout couper ? Je comprends ce souhait, ce besoin même. Car la famille étouffe, rend bête et incapable d'être soi. Il faut s'affranchir. Comment ? La difficulté réside dans ce « Comment ? ».

J'ai choisi un métier à mille lieues de celui de mes parents. Iconographe. Regarder, chercher, traquer des images. Essayer de faire coller les images à des mots aussi simples, pratiques, futiles soient-ils. J'adore ça. Un jour, en expliquant mon job à mon père, il m'a dit : « En fait, t'es comme moi, tu bricoles mais avec des photos. » Je n'y avais pas pensé.

Je me suis marié aussi, dans les règles de l'art. Fiançailles en présence des familles, mariage dans une belle bastide. Quand j'ai vu la tête de mes parents, de mon père surtout, le jour J, j'ai compris. « C'est quoi, ce bordel ? » Voilà ses mots lorsqu'il a découvert le lieu de mon mariage. Intérieurement, j'avais l'impression d'avoir gagné une bataille. Je lui présentais ma vision de la vie, tellement éloignée de la sienne. Cette belle demeure avec ses arbustes bien taillés, où rien ne dépasse, les moulures, les parquets et le cadre avec des cyprès donnant sur un champ de lavande… Trop de romantisme pour lui. J'ai cru qu'il allait étouffer. Il ne portait pourtant pas de cravate ce jour-là. Une simple chemise blanche, un pantalon noir, pas de veste. Sa vision de la rébellion à lui.

À la naissance de Léo, j'ai compris que mon père pouvait être heureux. Fils unique comme moi, il ne rêvait que de perpétuer une pseudo-tradition qu'il s'était lui-même imposée. Très vite j'ai annoncé que ce n'était qu'un début, que Claire et moi désirions rapidement un nouvel enfant. Le sort en a décidé autrement. Mon père m'a alors demandé : « Est-ce bien utile d'avoir d'autres enfants, après tout ? » Sa moue, sa question, m'ont d'abord laissé pantois. Faut-il une utilité à l'enfant ? Je n'y avais jamais songé. « On est tous fils uniques dans notre famille, a-t-il ajouté. Tu romprais la tradition. » Je n'ai rien dit sur le moment et je m'en suis toujours voulu. Ma mère lui a jeté un regard noir, et il s'est tu.

On ne s'affranchit pas de ses parents, on se construit à côté, comme on peut. Comme on veut. Sous l'eau, dans la piscine paternelle, je sens tous les liens de mon corps se détendre. Mon arbre généalogique est soluble dans l'eau. J'ai envie d'appeler Claire et de lui dire que je veux un nouvel enfant d'elle. J'ai envie de parcourir le monde avec Léo dans un van, sur une Harley, même si je ne sais pas conduire de moto. J'ai envie de vivre sans réfléchir à cette ascendance. Je nage encore, j'effectue quelques longueurs, rassuré, plein, entier. À chaque brasse, le monde s'ouvre un peu plus à moi.

Au bord du bassin, j'aperçois la silhouette ventripotente de mon père.

– Tu nages souvent comme ça à poil chez les gens ?

Étrangement, je ne ressens aucune gêne. Je suis même fier, de mon corps, de ma famille, de mes pensées. Depuis quand ne m'a-t-il pas vu nu, lui ?

Je sors, attrape une serviette.

– Elle est un peu fraîche, mais bonne. Et toi, tu ne sais toujours pas nager, papa ?

10

– Papa ! Qu'est-ce que c'est que ça ? Ne me dis pas que ce sont les cendres de maman dans la cuisine ?

– Où voulais-tu que je les mette ? J'ai cherché un endroit où je ne vais jamais. La cuisine, c'est parfait.

Au moment de me faire griller une tartine, je trouve l'urne en bois de ma mère. Entre le grille-pain et la cocotte-minute.

Elle aurait été ravie.

Mon père a daigné mettre un short et une sorte de maillot de foot. À bien y réfléchir, je crois même qu'il s'agit d'un maillot m'ayant appartenu durant mon adolescence, acheté pour faire comme tout le monde, sans jamais le porter. Mon père vit dans une cage à souvenirs. Je comprends alors qu'il ne peut pas avancer. Tout dans cette maison lui rappelle sa vie d'avant. Sa vie bénie. Il n'évolue plus. Sa nouvelle maison n'est qu'un mausolée dédié à sa femme morte, à son fils, à lui aussi peut-être.

Sur le canapé, Gontran est étendu, allongé sur une polaire rose qu'il semble avoir adoptée. Tandis que ma mère dort dans le placard de la cuisine.

Mon père n'a rien oublié. Pour rafraîchir sa mémoire, il lui suffit simplement de regarder autour de lui.

Soudain je songe à Victoire. Comment a-t-elle pu venir vivre ici, au milieu de ce faux décor ? Elle m'a appelé : son chantier au Togo semble plutôt être une fuite pure et simple.

Mon père ne veut pas se l'avouer.

Elle a quitté les lieux. Aucune trace de ses affaires dans la salle de bains, dans le salon, ni même dans leur chambre.

Comment ne pas ressasser dans un tel cadre en même temps ?

Rien que d'y penser, je frissonne.

Mes amis, mes potes, s'amusent à retrouver une vieille guitare, une raquette, quand ils retournent chez leurs parents. Moi, j'ai juste l'impression que tout est figé. Rien n'a bougé depuis mon départ.

– Papa, on ne peut pas laisser maman dans le placard. Elle détestait le pain en plus.

Mon père rigole.

– T'as raison. C'est pas bien. Mais impossible pour moi de m'en séparer.

– Ça, faut pas être grand clerc pour s'en rendre compte. Tu voudrais pas qu'on aille disperser ses cendres ?

– Où ça ?

– Je sais pas. Dans la mer, pas loin ?

Mon père reste muet.

– Je sais pas…, hésite-t-il.

Je le sens touché, mais pas coulé.

– T'as peut-être raison, après tout. Ta mère mérite mieux que d'être coincée à côté du grille-pain.

Le jour où j'ai récupéré l'urne de ma mère, l'agent des pompes funèbres m'a regardé les mains vides.

– Vous avez quelque chose pour le transport ?

– Euh… non, je dois reconnaître que je n'ai rien prévu.

– Je vais vous chercher un sac alors.

Il est revenu avec un tote bag, ces sacs en toile légers, souvent publicitaires. Il était écrit dessus « L'autre rive ».

J'avais choisi cette agence de pompes funèbres uniquement pour son nom qui m'avait semblé sur le moment très poétique.

L'employé a glissé l'urne dans le tote bag.

Maman.

Dans un sac.

J'ai souri.

Et je l'ai placée sous mon bras. J'ai eu chaud, j'ai eu froid, j'ai souri encore et j'ai pleuré. Et je suis sorti de l'agence.

En face se trouvait un bistro.

Mon premier réflexe a été d'aller boire un café.

J'ai posé crânement le tote bag avec l'urne sur la table et j'ai bu mon café sous le soleil en regardant maman.

Là aussi elle aurait ri. J'en suis sûr.

Gontran vient se frotter à moi.

Lui aussi a envie de sortir prendre l'air.

– Et si on partait maintenant ? Avec maman. Et Gontran, ai-je proposé.

Mon père me regarde. Je crois que je le délivre d'un poids.

J'attrape l'urne. Sans le sac.

Le dernier voyage. Papa, Gontran, maman et moi.

11

Quand je raconte à Claire que je suis encore chez mon père et qu'on part disperser les cendres de ma mère avec Gontran, elle ne comprend strictement rien. Elle me soupçonne même d'avoir bu. C'est vrai que j'ai l'impression d'être ivre. Trop plein de moi, de mon histoire, dans laquelle je m'englue. Je ressens la nécessité de me libérer. J'essaye de lui expliquer que j'ai besoin de ce moment. Je sens bien dans sa voix une sorte d'exaspération. Ou de résignation. Six ans qu'elle vit avec le fantôme de ma mère entre nous. Je ne peux pas lui dire à quel point maman me manque. Je n'ose pas le dire, mais je souffre terriblement. En silence. Un fils unique, une mère aimante, un père qui a fui loin, très loin. Ce voyage chez mon père, aussi impromptu qu'inespéré, est le meilleur moyen à mon avis pour me délester de tout ce passé encombrant. Victoire m'y aide. Claire abdique. Une fois de plus. Dans un sursaut, je lui demande comment sa présentation s'est déroulée.

– Ah, tu y penses, quand même ! Très bien, cela s'est très bien passé. Ma N+1 a adoré. Ils me suivent. Je vais lancer mon premier parfum toute seule comme une grande, Gontran !

– C'est super, ma chérie. T'es une championne. Je le savais. T'es la meilleure.

Au bout du fil, j'entends son souffle. Elle se retient, elle se contient. Elle aimerait me crier de revenir, que je lui manque, qu'elle voudrait fêter cette belle victoire professionnelle avec moi, mais par pudeur, par respect aussi, elle se tait.

– Tu reviens quand ? demande-t-elle.

– Je sais pas.

Pour la première fois, j'accepte de prendre sur moi. De dire mes émotions. Mes envies. De ne rien cacher.

– Il faut que je le fasse, Claire. Sinon, j'y arriverai jamais.

– OK.

Il y a le décès. Et puis ceux qui restent. Et ceux qui entourent les vivants. On ne pense pas assez à eux. Combien ils souffrent eux aussi en silence. Leur douleur serait déplacée. Ou mal comprise.

– Et Léo ?

– Toujours sur son écran. J'ai l'impression de parler à un zombie. Il a eu 5 en géographie, 4 en physique et 2 en maths. Qui dit mieux ?

– 1 en SVT ?

Ma plaisanterie ne passe pas.

– Il dort avec son ordi sous son oreiller, Gontran ! Faudrait que tu lui parles ! Et pour les vacances ? Tu seras rentré ? T'avais dit que tu t'en occuperais… S'il reste seul à la maison toute la journée, il va passer son temps à jouer en ligne avec ses potes, à regarder des trucs débiles sur Internet. Et ça, c'est no way, je te préviens. C'est vendredi les vacances, je te rappelle ! Moi, je peux pas. Ma boss veut que je sois là pour les grands patrons de New York qui déboulent en fin de semaine. Je peux pas bouger… Tu fais ce que tu veux, Gontran ; mais vendredi, faut que tu sois rentré.

Son ton est catégorique. Je sens qu'elle me met au défi. Sommes mercredi. Elle a raison. Avec Léo, j'avais prévu d'aller à la Fondation Vuitton voir une expo sur l'art urbain. Je veux l'emmener manger dans un kebab à Château-Rouge, le meilleur de la ville dixit Coco qui s'y connaît en plats roboratifs. Nous faire un ciné et l'accompagner avec sa planche de skate Porte d'Orléans sur une rampe qu'il rêve de tester. Des rêves de gosses de quinze ans, des vacances entre père et fils. Au lieu de ça, je suis là, à écouter mon père se plaindre. Et chaque mot de Claire me remue le cœur. Mais je ne peux pas faire mieux. Le décès d'un proche rend égoïste. Même six ans après. On ne peut pas partager sa douleur. Encore moins l'expliquer. Ce sont des mots, des sons, des odeurs qui nous ramènent à l'être aimé. Qui nous glissent dans une bulle, et nous écartent des vivants. La mort rend con, mais la mort renforce.

Gontran vient se coller à moi. Il me lèche les doigts sur le téléphone.

– C'est quoi, ce bruit ? demande Claire.

– C'est Gontran.

– Le chien de ton père ? Il s'appelle Gontran ?

– Sans commentaire.

– Ton père est taré, Gontran. Il faut vraiment que tu te sortes de ce pétrin. Je sais que tu fais au mieux, que tu fais ça pour toi, pour nous. Mais à un moment, les autres, ceux qui t'aiment, sont là aussi. Tu le sais, ça ?

Je marmonne, en caressant Gontran sur le haut du crâne. Il ferme les yeux de contentement.

– T'es parti sans affaires, en plus ?

– Je vais en trouver. T'inquiète pas. Merci, ma chérie.

– Je sais pas si ça me rassure vraiment. Et Victoire ?

– Elle s'est barrée. Une mission humanitaire. J'y crois à peine.

J'entends les silences pesants de Claire à l'autre bout du fil. Elle doit avoir son regard perdu, attiré par autre chose.

– Je te laisse, ma chérie. Embrasse Léo. Si tu y arrives. Je vais trouver une solution. T'en fais pas. T'es la plus forte. Je t'aime tellement, tu sais ?

Claire ne répond pas. Je devine son visage renfrogné.

– Tu me tiens au courant ?

– Oui. Je vais aller faire de l'exploration dans les placards de mon père. Si je rentre avec mon sweat Blanc Bleu de l'année de mes seize ans, tu m'en veux pas ?

– Pas pour les fringues. Je m'en fous, de ça… Pour le reste ?

Je lui redis que je l'aime. Qu'on se retrouve vite. Gontran se redresse. Je raccroche. Je devrais m'en vouloir, mais je n'y arrive pas. Et je pars à la recherche de mon pull vert d'eau Blanc Bleu que j'adorais, celui-là même que je portais quand j'ai embrassé Laëtitia Fournier en classe de quatrième.

12

– Pourquoi t'es venu t'installer en Espagne ?

– Avec ta mère, on s'était promis que pour notre retraite on viendrait ici. J'ai tenu parole. Elle voulait du soleil, c'est la terre de mes origines. Un bon compromis. Et j'ai encore un peu de famille par ici…

– Tu les vois jamais ! Et maman ne parlait pas un mot d'espagnol. Tu crois que cela lui aurait plu, vraiment ? C'est pas plutôt pour fuir ta vie d'avant ?

– Peut-être.

– Tu ne vois plus personne dans ce trou à rats. Tu vis en ermite, tu te laisses aller. On dirait un clochard.

– Je ne te permets pas de me parler sur ce ton. Tu vis ta vie, je vis la mienne, gronde mon père.

– Je constate seulement. Ta maison est sale. C'est un vrai taudis. On dirait qu'il n'y a plus que ton chien qui trouve grâce à tes yeux.

– Oui, lui me comprend au moins.

J'ai Calimero devant moi.

– Je peux te poser une question indiscrète ?

Il relève la tête.

– T'étais heureux avec maman ?

Mon père ravale sa salive.

– Je ne me suis jamais posé la question. J'avais choisi d'être avec ta mère. Elle peut-être moins. C'est moi qui lui ai couru après. Je ne sais même pas si à l'époque, elle m'avait remarqué. Tu peux m'aider ?

Mon père se penche sur le moteur de sa vieille camionnette et me tend ce qui ressemble à… je ne sais pas quoi. Une pièce de moteur en tout cas. Je ne veux même pas savoir. Voilà peut-être le souci entre nous. Je ne veux pas comprendre son monde. Il ne veut pas comprendre le mien. Mes mots doivent le heurter comme les siens m'irritent.

– Le chiffon. Mets la durite sur le chiffon.

Je cherche le chiffon autour de moi. Je trouve au sol à côté de la roue un tissu à fleurs. Je reconnais une robe de ma mère.

– C'est la robe de maman ? Celle qu'elle mettait l'été ?

– Oui. Et ?

– Bah, tu ne peux pas en faire un chiffon.

– Qu'est-ce que tu veux que j'en fasse ? Que je la mette ?

Mon père replonge le nez sous le capot.

Je suis en arrêt devant le spectacle désolant de cette robe mauve et vert toute tachée de graisse noire.

Je songe à ce matin où, encore enfant, j'ai soudain compris que le doudou rouge en satin avec lequel je dormais était en fait un déshabillé de ma mère dans lequel je pouvais glisser un bras, puis l'autre et le nouer autour de ma taille. Ma mère avait ri en me voyant arriver ainsi vêtu au petit déjeuner. J'aimais m'habiller avec ses robes, avec son manteau en fourrure, je caressais la tête de vison qui pendait de son écharpe dans l'armoire. Elle acceptait que je joue avec, à condition de ne pas l'abîmer. J'en prenais soin. Je me cachais et jouais des heures. Mon père n'aimait pas ça. Il marmonnait des mots que je n'entendais pas. Ma mère lui disait de me laisser faire. « Il s'amuse. » Pendant ce temps, je ne jouais pas sur l'établi en bois miniature qu'il m'avait construit. Cela le touchait-il ? Me trouvait-il différent du garçon qu'il rêvait d'avoir ? Peut-être. Mais j'avais la bénédiction de ma mère. Je pouvais régner sur mon royaume dans mon déshabillé de satin rouge et mon manteau de fourrure. J'étais le roi. Ma mère, ma reine. Mon père comprenait sans doute hélas qu'il n'était qu'un valet de ce couple omniprésent sous son toit. Souhaitait-il autre chose ? Peut-être. Il aurait pu mettre un terme à tout cela aussi. Il n'en a rien fait. Visiblement, il se satisfaisait de sa situation de subalterne. Ma mère suffisait à mon bonheur. Elle absente, défunte, partie, le roi déchu, c'était moi. Mon père n'était plus qu'un valet qui souffrait en silence.

Je ramasse le chiffon, le déplie et retrouve illico la silhouette fluide et longiligne de ma mère. L'espace d'un instant fugace, je la revois devant moi tenir mon gâteau d'anniversaire à bout de bras dans cette robe transformée en chiffon, et me regarder avec des yeux pleins d'amour. Quel âge avais-je alors ? Je ne me souviens plus. J'ai une coupe au bol. Ça, je m'en souviens. C'est mon père qui me coupait les cheveux. Plus ou moins bien. Il coupait ceux de ma mère aussi. Le rituel du dimanche soir, devant Anne Sinclair. Ma mère grimpait sur un tabouret. Elle avait les cheveux blonds au carré à l'époque. Au fil des années, sa coupe est devenue de plus en plus courte. Plus de brushing, une sorte de brosse, très masculine. Pourquoi les femmes vieillissantes sacrifient-elles leur belle chevelure ? Mon père a commencé à me couper les cheveux comme ma mère. Anne Sinclair parlait à Jacques Delors de son envie d'être président ou pas, et moi je voyais nos mèches blondes et brunes se mélanger au sol. Nous ne faisions qu'un. Ma mère et moi.

Je repose la robe pleine de cambouis.

Et je pars pleurer devant les canards gonflables de la piscine. Eût-elle été vide, je l'aurais remplie.

13

– Tu vas te tuer, avec tout ce café que tu bois.
Depuis quand mon père prend-il soin de moi ?
– Toi, tu vas te tuer, avec toutes ces bières que tu bois.
– Je fais ce que je veux, me répond-il sèchement.

Ma mère arrondissait les angles. Depuis sa mort, plus rien ne retient mon père et tout ressort avec une violence exagérée. Il n'a pas de filtre, s'exprime sans réfléchir, veut toujours avoir raison.

Longtemps, j'ai cru que c'était le propre du père. Jusqu'à observer ceux de mes amis. Aucun ne parlait aussi fort, ne devenait aussi rouge que le mien quand il s'énervait, quasiment tous les jours. Aucun ne criait. Aucun n'avait d'attaque cardiaque et ne se roulait par terre. J'ai longtemps cru que mon père était un héros. Qu'il était extraordinaire. Avec des pouvoirs surnaturels. Parce qu'il pouvait mourir sur le sol de la cuisine et ressusciter aussitôt. Plus tard, en grandissant, j'ai compris qu'on pouvait vivre sans hausser la voix, sans mourir quinze fois par jour pour retenir l'attention. Et que ressusciter n'était pas nécessairement nécessaire.

Avec le départ de ma mère, j'ai surtout compris la force du couple.

Comment un être peut contenir l'autre.

Comment une femme, un homme, peuvent aider l'autre à s'améliorer.

J'ai compris à la mort de ma mère qu'elle l'avait aidé à grandir.

Sans elle, il redevient la plante sans tuteur.

Aujourd'hui, toutes ses branches partent dans tous les sens.

Un chien fou à qui l'on a enlevé son collier.

Il ne sait pas où il va. Gontran et lui, même combat.

Je pense à mon propre couple avec Claire. Que cherche-t-on quand on se marie ? Le sexe, le contact, la découverte du plaisir.

Puis les années passent. D'autres effets se font sentir, d'autres envies apparaissent. L'écoute, l'attention, l'approbation.

L'union de deux êtres, c'est la force décuplée, les nouvelles branches de l'arbre à laisser pousser, à tailler sans doute, à faire fructifier aussi, à apprécier, à étreindre le temps d'une pause, prendre le temps d'observer le chemin parcouru. Je n'avais pas vraiment compris l'idée de l'union de deux êtres avant le décès de ma mère. On fait comme tout le monde finalement, ou presque. Une sorte de mimétisme social. Jusqu'à ce que la vie nous rappelle à quel point notre propre rôle est crucial pour l'autre. J'en ai la preuve sous mes yeux avec mon père. Avec Claire aussi.

Mon père n'est pas un héros, juste un homme, avec son trop-plein d'amour pour ma mère, un amour si maladroit.

Je termine ma tasse de café. La troisième. Je me sens étrangement serein.

Je peux suivre mon père à la trace grâce aux cendres tombées au sol. Il forme des zigzags, incapable de rester assis, toujours en mouvement.

– Le mouvement, c'est la vie. Quand tu te reposes, tu meurs.

Il continue d'appliquer ce qu'il m'a sans cesse répété dans ma jeunesse.

Coco, ma rédactrice en chef, choisit ce moment pour m'appeler en Facetime. Elle adresse un salut à mon père qui passe derrière moi, surpris par cette technologie qui lui est étrangère, et passablement intéressé. Il lui fait un signe de la main à l'écran en retour, plus par politesse que par envie, et s'éclipse avant qu'elle réponde.

– Il a l'air encore en vie, on dirait ? Tu sais que si tu décides de rentrer plus tôt, je peux te recréditer tes RTT, hein ? ricane-t-elle, un sourire narquois aux lèvres.

Je hoche la tête, l'air effaré. Coco approche son visage en gros plan.

– Il n'a pas un peu grossi aussi ? chuchote-t-elle.

– C'était mon maillot quand j'étais plus jeune… Ça le boudine.

– T'as fait du foot, toi ? Elle est bonne, celle-là ! s'exclame-t-elle, reculant d'un coup sec sur sa chaise.

Je ris mollement. Elle aussi.

– Ça lui va bien, moi je trouve, ces rondeurs à ton père…, reprend-elle d'une voix mielleuse que je lui déteste.

– Arrête. Je passe mon temps à lui dire qu'il déconne, ne lui donne pas raison de se tuer à petit feu…

– Nan mais je disais ça comme ça. Eh… mais c'est quoi, ça ?

Le chien passe dans le cadre de l'écran.

– Je te présente Gontran.

– Quoi ? Ton père a un chien ? Et il l'a appelé comme toi ?!? Tu plaisantes ?

– …

– Ah. En même temps, c'est un bel hommage…

Je fixe le chien noir et blanc assis sagement à côté de moi. Il me fait les yeux doux.

– On dirait deux frères, pouffe Coco, perdue dans un nuage de fumée.

Gontran se met alors à geindre.

– Je ne devrais pas le dire, mais je trouve que ce chien gémit comme toi quand tu n'es pas content. Vous vous ressemblez, en plus !

Je fais une grimace. Coco en profite.

– Et à la rédac' ? Tout va bien ? Michel t'a encore imposé ses vieilles photos ?

– On ne change pas une équipe qui gagne…

À mon tour de sourire derrière mon écran.

– Merci, hein, Coco, les RTT, tout ça…

J'agis rarement sur un coup de tête.

– Rien. Ne dis rien. Sache juste que ta mère serait fière de toi. J'en suis sûre.

Les mots de Coco me réconfortent.

Fière ? Pour quoi ? D'aider mon père ? D'honorer sa mémoire ?

Les mots de Coco résonnent étrangement en moi. Gontran en profite pour me léchouiller.

Coco. Gontran.

Un chien avec un nom d'homme.

Une femme avec un nom d'oiseau.

Je songe un instant au monde dans lequel je me retrouve, sans aucun horizon.

Depuis le décès de ma mère, plus rien ne marche réellement droit. Plus rien ne m'étonne non plus. J'ai l'impression d'avoir définitivement perdu ma légèreté. Mon oisiveté. J'ai surtout appris que j'étais mortel.

Coco et Gontran à leur manière m'apportent un peu de cette légèreté perdue.

Mon fils à sa manière m'offre des bouffées de plaisir.

Claire m'aide à me tenir droit.

– Par contre, ne tarde pas trop à rentrer quand même. Michel bouffe tous mes Dragibus. Il me parle même de prendre sa retraite. Deux jours que t'es parti et tout déraille…

Au même moment, devant moi, Gontran essaie d'attraper sa queue. En vain.

14

Je fixe Gontran du regard. Ce chien est doté d'un truc en plus. Un air vraiment triste. Je comprends pourquoi mon père s'entend si bien avec lui. Comme s'il avait avalé toute la tristesse du monde pour en délivrer les autres êtres vivants. J'avoue : je n'aime pas trop les bêtes. Mais lui pourtant m'a semblé tout de suite plus sympathique que les autres. J'ai compris surtout qu'il était d'une compagnie bien plus expressive que mon père.

– Qu'est-ce que t'en penses ?

J'interroge Gontran en désignant mon père en train de s'activer à travers la maison avec sa caisse à outils.

– On ne va jamais partir, non ? C'est ça ?

Gontran pousse un léger grognement de mécontentement, peut-être parce que j'ose ouvertement critiquer son maître.

La cigarette au bord des lèvres, une autre de secours à l'oreille gauche et son crayon à droite, mon père continue de s'agiter.

– Je crois qu'il est parti pour construire quelque chose. Mais je ne sais pas trop quoi.

Gontran s'abaisse, la tête sur ses pattes croisées, visiblement résigné devant cette boulimie d'activités de mon père. Incapable de s'installer à une terrasse de café, de s'asseoir sur un transat, de lire un livre.

Je crois même n'avoir jamais vu mon père un livre en main. Des magazines de voitures, oui ; mais un livre, non.

Il aime fabriquer. Utiliser ses mains. L'utilité. Il ne cherche rien d'autre.

Tout le reste n'est que futilité et perte de temps.

Plus jeune, je lisais des heures assis dans le jardin. *Le Rouge et le Noir*, *Belle du Seigneur* ou *Le Lys dans la Vallée*. De longues heures déployées à imaginer ces personnages, ces êtres de papier évoluer sous mes yeux. Lui passait devant moi sidéré. Comment diable pouvait-on rester assis à lire comme ça ? Comment pouvait-on croire que la vie était là, entre les lignes ? Il passait et repassait devant moi, en me scrutant, en soufflant ou en parlant tout seul pour être certain que je l'entende bien râler. J'avais beau lui expliquer que j'apprenais plein de choses avec Solal et Mme de Mortsauf, il n'y comprenait rien.

Rien ne change. Assis dans le canapé du salon, Gontran étalé à côté de moi, je l'observe aller et venir sans s'arrêter. Je n'ai plus de livre en main, je vis désormais.

– Qu'est-ce que tu fabriques ? On avait dit qu'on partait…, je lui demande encore.

Il scie sur un établi de fortune, posé sur deux trépieds, à l'entrée de la cuisine.

Ses outils jonchent le sol.

– J'ai trouvé une vieille machine à laver à la déchetterie. Je l'ai rapportée. Léo m'a dit qu'il rêvait d'avoir un vaisseau spatial. Avec le hublot, je lui fabrique un lit superposé façon capsule de l'espace. Il va adorer, non ?

– Euh… Il a quinze ans maintenant, tu te souviens ? Il a dû te dire ça il y a longtemps… Il passe tout son temps sur son ordi maintenant, tu verras. Les vaisseaux spatiaux, il les détruit dans ses jeux vidéo. Et puis, ce n'est pas la priorité, là, tout de suite ! On a dit qu'on partait…

– Oui, je sais, je sais, mais je termine et on y va, OK ? Ça te plaît, au moins ? Tu ne me dis jamais si ça te plaît. Tu ne me dis jamais rien, de toute façon. Ce sera à toi, tout ça, après ma mort, tu sais ?

J'ai à nouveau un haut-le-cœur. Non pas face à l'étendue des travaux inachevés, mais à l'idée de me retrouver un jour propriétaire de ces lieux. Je n'en ai aucune envie. Tout sauf ça. Une idée de l'enfer sur Terre. Je n'ai jamais cherché que l'ordre, sans doute en réaction bassement primaire et freudienne aux velléités incessantes des constructions paternelles.

Je déteste le désordre. Je range tout, tout le temps. Claire se moque de moi. Léo m'engueule aussi. J'aime voir sa chambre bien rangée. Il me réplique que ça ne me regarde pas, qu'il s'agit de son espace. Je ne peux pas lui en vouloir. Claire est d'accord avec lui. Alors je me retiens. Et je range sa chambre quand il est parti au collège et Claire au travail, je plie les affaires, je jette les Candy'Up et les paquets de BN vides.

– J'ai envie de construire un cabanon pour faire un bar au bord de la piscine. Mais ça non plus, ça ne va pas te plaire !

– Non, ce n'est pas ça, c'est juste que… je m'interroge.

Ma satanée bonne éducation. Incapable de dire le fond de ma pensée. D'être poli. À cet instant, pourtant, je suis à deux doigts de lui dire vraiment ce que je pense. Je me pince les lèvres. Et puis je me lance.

– Finis d'abord tout ce que tu as commencé, papa, et après on verra. Mais à mon avis, je crois que cela n'a pas beaucoup d'intérêt. Tu me demandes mon avis, je te le donne.

Je respire un grand coup.

– Tu me parles comme on parle à un gosse.

– Parce que t'es un gosse, papa. T'as jamais voulu grandir. Tu t'es toujours caché derrière cette pseudo-révolte contre le monde. Tu as toujours cru que le monde entier t'en voulait. Que t'étais un incompris. Tu es un incompris, parce que tu n'as jamais voulu comprendre le monde. Tu te barricades de plus en plus. La mort de maman, ça n'a fait qu'aggraver ton cas. Regarde cette maison ! Elle était ouverte au vent, et t'as tout fermé.

– J'aime pas le vent... Et puis, y a les moustiques. Et la chaleur, tu en fais quoi ? Après, il fait une chaleur de bête là-dedans, c'est un four !

J'opine d'un air blasé.

– Mais qu'est-ce que t'aimes au juste, papa ?

J'insiste sur le mot « papa ».

– Hein, papa ? Qu'est-ce que tu aimes ?

Je le vois se recroqueviller, comme un escargot dans sa coquille. Je fais mouche. Je sens que je le touche. Je sens aussi qu'il bouillonne à son tour, mais qu'il n'ose pas lâcher les chevaux contre moi. Pas encore. Je n'en mène pas large pour autant. S'il n'aime pas qu'on le contredise, je déteste le conflit. Mes jambes flageolent sans que je laisse rien paraître.

– Tu ne veux rien comprendre, de toute façon. Tu ne veux pas ME comprendre..., insiste-t-il.

Sa phrase préférée, son arme de destruction massive.

– C'est ça, papa... la vieille rengaine. Comme d'habitude...

Mon père se lève, tourne les talons et retourne construire son vaisseau spatial, comme un gosse. Le gosse qu'il a toujours été et qu'il sera à jamais.

15

Ma mère repose sur le comptoir de la cuisine.
Je jette un œil à l'urne.
Aurait-elle imaginé une telle situation ?
Les morts nous laissent bien plus que du vide.
Des questions.
Des doutes.
Des frissons.
Qui était-elle finalement pour supporter un tel homme ?

Sur la porte du frigo, mon père a aimanté des photos d'elle à différentes époques de sa vie.

Le jour de sa communion devant le jardin communal de son village natal, avec son aube bien blanche, impeccablement repassée et sa coupe militaire.

Au début des années soixante-dix, un brushing volé à Sylvie Vartan, un chapeau cloche à rayures colorées, un foulard rose noué autour du cou. Elle fait une drôle de moue, un doigt sur les lèvres.

Dans les années quatre-vingt. Les cheveux courts, toujours blonds. Elle me tient, debout, à ses pieds. J'ai une salopette très seyante et des bottes. Je suis sur une plage. Je ne sais pas où.

Au début de l'an deux mille. À mon mariage. Je ne vois plus son visage sous sa voilette sombre. Elle était allée chez une chapelière et en était très fière. Elle m'avait envoyé des photos sur son portable. Mauve et noir. Elle était si heureuse à mon bras quand nous sommes entrés tous les deux dans l'église. Elle me tenait fort la main, exactement comme elle le faisait lorsque nous traversions la route quand j'étais enfant.

Je n'aimais pas qu'elle me serre autant à l'époque. Moi, je voulais y aller seul. Montrer que j'étais grand. Je paierais des milliards aujourd'hui pour qu'elle me serre encore fort les doigts dans sa main frêle que j'ai lâchée à jamais un matin d'été.

Combien de fois ne m'a-t-elle dit : «Je suis fière de toi. Ton père ne le dit pas, mais il le pense, je te jure. Il t'aime tellement, tu sais.» Je ne voyais pas trop l'urgence de ces mots. J'entends qu'elle se faisait son écho, son porte-voix. Sait-il seulement qu'elle parlait pour lui ? Il n'arrive plus à aligner deux mots désormais.

Et puis il y a la photo de sa dernière sortie, sur son fauteuil roulant à l'hôpital. Je la pousse dans le parc. L'été est bien entamé. La chaleur exsude. Les platanes sont verts à souhait. Elle porte des lunettes de soleil qui lui barrent la moitié de son visage amaigri. Elle me fait une grimace. Elle sait que c'est la dernière photo. Elle est à bout de forces mais elle a bien voulu que je la pousse tout doucement dans ce fauteuil qui pèse trois tonnes. Nous sommes tous les deux dans ce jardin d'hôpital, certains infirmiers font leur pause, mangent un sandwich ou une glace sur des bancs dans cet espace vert.

– Je mangerais bien une glace, m'a-t-elle dit alors, elle qui ne mangeait plus rien d'autre que des doses surprotéinées, sa perfusion au bras.

J'ai couru pour trouver une glace. Rien à la cafétéria de l'hôpital. Je suis sorti et j'ai trouvé un bistro. Il n'y avait plus que des Mister Freeze à la menthe.

Je suis revenu à ses côtés, mon trophée à la main. Elle n'avait pas la force de le tenir.

Alors délicatement j'ai ouvert le sachet plastique, et le lui ai tendu, veillant à ce qu'elle ne s'étrangle ni ne s'étouffe. Un moment suspendu.

Chaque dernier moment devient une éternité dans ma mémoire. Il s'étire, s'étend, mais ne se désintègre pas.

La mort a désormais pour moi un goût de Mister Freeze à la menthe.

16

Mon père ne veut plus partir. Je crois qu'il boude. Trop risqué avec sa camionnette. Il décide pourtant d'aller avec jusqu'au village pour faire quelques courses. Pas à une contradiction près. Je ne l'accompagne pas. Je boude aussi. Deux têtes de cons.

À son retour, je ne manque pas de lui faire remarquer qu'il est rentré sain et sauf. Que l'état de sa camionnette me semble être une mauvaise excuse. Qu'elle marche merveilleusement bien. Et constate qu'il a encore acheté ses plats sous vide infâmes par dizaines. Pour me faire taire, ou me faire plaisir, qui sait, il me lance des tee-shirts au visage.

– Tiens, attrape, j'ai pris ça aussi pour Léo.

Je déplie les tee-shirts colorés. Bien trop petits pour mon fils. Taille dix ans. Je reste muet. Mon père n'a définitivement pas intégré les six années qui viennent de s'écouler dans sa vie et dans celle des autres.

– Et puis je t'ai pris ça pour toi.

Il me tend un maillot de foot rouge et le short qui va avec.

– C'est le maillot de l'équipe de foot locale. Il y avait une promo. Comme je t'ai piqué le tien, je me disais que ça te ferait plaisir.

À nouveau, je tends le maillot et le short devant moi. La matière sent le synthétique, la couleur doit déteindre au premier lavage. Un aller direct *Made in China.*

D'un œil, je regarde mon jean, ma chemise agnès b. et mes baskets Stan Smith défraîchies.

De l'autre, le short et le maillot.

Mon père me voit donc clairement porter ce genre de tenue.

J'ai toujours détesté le sport. Encore plus le foot.

Cette énergie dépensée, ce sentiment collectif, cette effervescence ne me touchent pas. Ils m'effraient même. Les soirs de grand match, je n'aime rien tant que me coller au lit avec un bon bouquin.

Ado, je séchais les cours de sport. Je détestais me déshabiller devant les autres garçons. Les comparaisons, tout le monde à poil sous les douches, les blagues graveleuses. Très peu pour moi. Sans doute parce que je n'aimais pas mon corps, ce corps adolescent dans lequel j'étais mal à l'aise. Trop gros. Trop joufflu. Bientôt trop poilu. Rien à voir avec ces types qui portaient des jeans affûtés. Des chemises à carreaux Ralph Lauren. Des chaussettes Burlington. Et imberbes.

Je n'aimais m'habiller que dans de sombres pantalons trop larges pour éviter qu'on remarque mes cuisses trop épaisses, et ma poitrine (plutôt que mon torse) où l'on voyait poindre deux misérables seins.

Un jour, sur les réseaux sociaux, j'ai retrouvé un copain d'enfance. À l'époque, c'était le type le plus populaire du collège. Bien dans sa peau. Fier de lui. Nous n'étions pas particulièrement amis, mais je le laissais copier sur mes interros, il m'aimait bien. Nous avons décidé de nous donner rendez-vous pour boire un verre quelques jours plus tard. La vie de ce type était devenue un fiasco total. Il avait un ventre digne de mon paternel, sa peau était burinée par des années passées comme plagiste à Ibiza et boursouflée par des litres de tequila ingurgitée cul sec. Surtout j'ai osé lui poser la question : « Comment tu me voyais quand on était plus jeunes ? »

J'étais l'intello, le mec un peu perché, perdu dans ses idées. Et collé aux images déjà. Je collectionnais toutes sortes de prises de vue et j'en collais sur tous mes livres et mes cahiers.

J'ai soudain compris face à ce type qu'il ne s'était, lui, jamais posé aucune question à mon sujet. Il ne m'avait jamais vu gros ou maigre. Il ne m'avait jamais calculé du tout. Je faisais partie du paysage à ce moment-là, point barre, comme une plante verte ou l'immeuble du coin de la rue.

Il devait même me trouver bizarre ce jour-là avec mes questions, encore plus perché qu'à l'époque sans doute. Mais doté de cette évidence désormais. Nous ne sommes que des individus, tous uniques, qui nous faisons des films, qui assemblons les images de nos vies tant bien que mal, les unes à côté des autres. Dans le décor, plusieurs personnages passent, repassent, disparaissent.

Il faut faire l'effort de comprendre chacun de ces personnages. Pourquoi est-il là dans le décor ? Pourquoi s'accroche-t-il ? Reste-t-il dans mon viseur ? Il faut comprendre l'autre. Son autre. Les autres. « Nous n'irons bien qu'avec les autres », comme le chante souvent Dominique A dans mes AirPods.

Mon père n'est rien d'autre qu'un personnage récurrent de mon histoire, de ma vie.

Je regarde à nouveau ces tee-shirts et soudain je dis à mon père :

– Merci beaucoup.

Et j'enfile le maillot de l'équipe locale sous ses yeux ébahis. Il a un mouvement de recul. S'interroge. J'ai l'impression de faire partie de son équipe. Pour la première fois, je suis près du but. Prêt à être moi, avec mon père.

– Il te va pas mal, dis donc, fanfaronne-t-il. Il te va même très bien. J'ai le compas dans l'œil, on dirait. En même temps, t'es mon fils.

17

Mon père continue de vaquer à ses occupations futiles.

Je tente vainement d'inverser le cours du temps depuis le canapé du salon, un œil sur le décor.

Ali Baba aurait adoré cet endroit, je n'en doute pas.

Une espèce de grotte où plusieurs strates de vie se sont amalgamées.

Il n'a pas daigné jeter les meubles et affreuses affaires de l'ancienne propriétaire, une danseuse de flamenco à la retraite visiblement très religieuse.

À cela se sont ajoutées les couches de sa vie d'avant. Celles de Victoire. Un peu des miennes. Et de sa nouvelle vie de veuf retraité.

De drôles de télescopages.

Une madone en plâtre blanchie côtoie un vieux *Kama-sutra*. Un sage togolais repose sur un tabouret orange très seventies.

Et le canapé que mes parents ont acheté un samedi chez But sur un coup de tête est désormais recouvert par la polaire rose de Gontran.

Ce chien est devenu le maître de ce royaume bricolé et bigarré.

Il me rejoint, content d'avoir de la compagnie, et s'allonge tout contre moi. Je me sens soudain de trop. Je préfère virer à l'autre bout du canapé, et poser mon crâne sur son dos comme sur un appuie-tête.

Je suis maintenant allongé sur la polaire rose de Gontran et pour la deuxième fois depuis mon arrivée, après la piscine, je me laisse aller. Certainement la présence rassurante de ce chien. La douceur de son poil. Le lent soupir contrarié par un pet si peu dissimulé. Mon père a raison : Gontran est sans doute l'être le plus sain d'esprit de cette maison. Quel spectacle nous lui offrons, nous, pauvres êtres humains… J'ai presque envie de m'excuser. Mais je préfère rester allongé, la tête sur le chien-roi.

Je me sens bien.

Mon père peut désormais m'annoncer qu'il souhaite réparer le filet du terrain de tennis ou le filtre de la piscine – et il en est capable –, la sagesse de Gontran m'anesthésie. D'un geste, j'attrape mon téléphone portable et prends une photo de nous deux, allongés l'un contre l'autre. Je l'envoie à Coco par SMS. Elle me répond du tac au tac. « Vraiment un air de famille. » Je me retiens de lui envoyer un smiley rieur.

– J'ai envie de réparer le filet de tennis, qu'est-ce que t'en penses ? m'interroge mon père.

Je me redresse à moitié endormi et découvre sa tête penchée au-dessus de moi sur le canapé.

– Tu te fous de ma gueule ?

– Un peu oui. J'ai hésité. Je me disais que le filtre de la piscine aurait bien besoin d'un bon décrassage aussi… Mais je vais d'abord finir le lit-vaisseau spatial de Léo. Et changer la durite. J'ai compris en allant faire les courses. C'est la durite de la camionnette qui déconne. C'est toi avec tes conneries de chiffon là aussi, je n'ai pas nettoyé comme il faut. Après on pourra y aller.

– En fait, dis-moi, tu savais très bien que maman était coincée dans le placard de la cuisine ?

Mon père évite de me regarder.

– Et t'as aucune envie d'aller disperser ses cendres… Tu veux la garder près de toi, bien au chaud ?

– C'est pas ça. C'est juste que…

Il bégaie, cherche ses mots, et file se servir une bière pour l'occasion.

– … je n'arrive pas à me dire que je n'aurais plus rien à quoi me rattacher. Certains soirs, quand je bois un peu trop, j'avoue, je sors l'urne, et je trinque avec ta mère. Depuis que Gontran est là, un peu moins souvent. J'ai trouvé un petit moscatel. Putain, ce que c'est sucré, ce vin ! Mais après deux, trois verres, je suis bien. Je commence à lui raconter plein de trucs, à ta mère. Mes journées, tout ce qu'elle n'a pas vécu depuis qu'elle est partie. Je lui raconte Léo. Tout ce qu'il fait. Je lui raconte tout ce que tu fais, toi aussi.

– T'as bu, papa ?

– Non, jure-t-il. Mais bientôt. Tiens d'ailleurs, à la tienne ! C'est trop dur la vie sans elle, vraiment. L'autre soir, j'en étais à ma deuxième bouteille, et je me suis mis à danser avec l'urne. Et Victoire m'a trouvé comme ça. Ça a bardé pour moi, tu peux me croire. Elle m'a dit que j'étais idiot, que je n'étais qu'un alcoolique et un con fini. Dans l'ordre. Et après elle s'est barrée. Elle n'a pas tort, je crois.

– Elle n'est pas au Togo ?

– Je crois pas.

– Tu sais où elle est ?

– Elle se barre parfois chez une copine, qui a une cabane au bord de l'eau. C'est pas très loin.

– Et tu l'aimes ?

Poser ce genre de question à mon père ne m'était encore jamais venu à l'idée.

– La cabane ?

Il me regarde avec son air de chien battu.

– C'est pas drôle.

– Je crois, reprend-il, les yeux dans le vide, légèrement embués. Je ne sais pas trop. Je ne sais pas en fait ce que cela veut dire d'aimer quelqu'un. Avec ta mère, j'ai tout de suite su. Mais avec Victoire, c'est tellement différent. C'est une chouette nana. Elle me console de ta mère. Elle essaie de me faire oublier. Mais je n'y arrive pas.

– Ça ne sert à rien d'oublier, papa.

– Je sais. C'est bien ça, le problème.

– T'aimerais qu'on aille retrouver Victoire ? Et libérer les cendres de maman avec elle ? Ce serait bien, non ?

– En fait, toi, t'as qu'une envie : c'est te casser d'ici !

– Pas faux.

– Je suis bien chez moi.

– Parfois il faut savoir se faire violence.

– J'ai le chien.

– On l'embarque.

J'attrape la tête de Gontran qui se colle à la mienne. Il fait une grimace que je tente d'imiter.

– Regarde, il a dit oui.

Mon père sourit. De bon cœur, je crois. Il disparaît dans sa chambre un court instant, je l'entends fouiller dans son armoire. Quelques minutes plus tard, il revient avec un pantalon digne de ce nom.

– Bon alors, c'est parti ? lance-t-il à Gontran et moi.

18

– Tu crois qu'on en aura assez ?

L'arrière de la camionnette de mon père est rempli de ses petits plats sous vide.

– Mais tu sais qu'on peut s'arrêter en route pour manger ? Dans un restaurant, par exemple.

Je sais que c'est au-dessus de ses forces. Alors, je le laisse faire. Je sens même qu'il y prend un certain plaisir. Cela le rassure. Moi aussi, quelque part. Depuis combien de temps ne suis-je pas parti en voyage avec lui ? Je repense fugacement à cet été dans le Morbihan où mes parents avaient décidé de faire du camping. L'été où j'ai appris à nager.

– On ne part pas quinze jours non plus, papa.

– On ne sait jamais.

Gontran me fixe du regard. Je suis même certain qu'il me fait un clin d'œil.

Mon père s'installe au volant et lance les Creedence Clearwater Revival dans son radiocassette.

– T'as vu, ça marche encore. J'ai bien fait de ne pas les jeter, ces cassettes.

Triomphal, le padre. Sa lubie de tout garder est enfin récompensée.

Je monte à la place du mort. Je cale l'urne de maman entre mes cuisses. L'ironie du sort me fait sourire un quart de seconde.

– Où m'emmènes-tu alors, papa ?

– Chez Pilar. Sa copine de yoga. Elle a aménagé une petite baraque au bord de l'eau. Elles font des stages là-bas, des « retraites » comme elles disent. Et quand Victoire en a marre de moi, elle y va aussi. Elle a les clés.

Je sens que Victoire y passe plus de temps que mon père ne veut bien l'admettre. J'écoute le ronronnement du moteur. Dehors, par la fenêtre, le jour décline paisiblement sur les côteaux de vignes et d'oliviers. La beauté de ce paysage sous le soleil nous enrobe des derniers rayons de la journée. Chauds. Rassurants. Presque apaisants.

Je pensais qu'il avait refait sa vie. Qu'il avait réussi à tourner la page. Qu'il était passé à autre chose. Mais pas du tout. Il ressasse. Il fulmine. Il en veut à la terre entière de lui avoir retiré la femme de sa vie. Il préfère tout garder pour lui, plutôt que de se plaindre auprès de moi, auprès des siens. Qui voudrait le croire pour autant ? Aux yeux de tous, il s'est tellement vite remis, il a vite repris une vie de couple, il a vite fait comme si... Et pourtant, non. J'y ai cru un instant. J'étais tellement heureux qu'il soit heureux après ces années de souffrance, à regarder sa femme malade, si impuissant. J'ai cru qu'il y avait cru aussi. Je ne me posais pas de questions. Je lui en posais encore moins. J'aurais dû.

– Mais... ça va avec Victoire ? Bizarre, qu'elle se barre comme ça...

Je jette un œil en coin à mon père. Il a enclenché la troisième, toujours aussi poussive.

– Elle est différente de maman. Elle est extra.

Il se tait avant de reprendre aussitôt.

– Mais disons que je n'aurais jamais pensé vivre avec une autre femme que ta mère, Gontran.

Le chien sursaute à l'évocation de son nom.

– Quand tu te maries, tu crois que c'est pour la vie. Non ? Tu sais, je l'ai aimée, ta mère. Très fort. Peut-être pas de la manière qu'elle aurait souhaitée. Je ne sais pas dire « Je t'aime ». Je suis maladroit quand il faut montrer mes sentiments. J'ai des grosses pattes ! C'est ta mère qui disait ça.

Mon père lâche le volant et me montre ses mains abîmées par les travaux manuels.

– Comment être tendre avec d'aussi grosses paluches ? À toi non plus, je n'ai jamais dit que je t'aimais. Parce que je ne sais pas le dire. Je ne sais pas, Gontran.

Mon père tient le volant haut. Comme pour se donner du courage, pour trouver un appui. Gontran a compris qu'il n'était pas concerné et se recouche.

– Ta mère n'avait rien à faire avec un type comme moi. Quand elle était jeune, à Paris, elle sortait tous les soirs, elle faisait la fête rue des Canettes, avec ses copines. Elle avait plein de copines partout, tout le temps. Quelques mecs lui tournaient autour. Moi, je ne savais pas m'amuser. Je ne sais pas danser, je ne sais pas m'intégrer. Je n'ai pas les codes. Tu me dis que je parle fort, mais je ne sais pas faire autrement.

– Ça s'apprend.

– J'ai pas voulu. Jamais. On est con, même quand on est jeune. Et on le reste toute sa vie après…

– Tu fais ton mea culpa ?

– Non, je te dis juste qui je suis. Tu ne m'as jamais posé la question, après tout.

Les mots de mon père me font chavirer autant que réfléchir. J'ai envie de le serrer dans mes bras et en même temps de lui rentrer dans le lard.

On n'a pas souvent eu l'occasion de se parler entre père et fils, sans se crier dessus, en toute simplicité. Cela ne nous est jamais vraiment arrivé. Il faut cette occasion pour jouer cartes sur table. Mon père a raison, je ne lui ai jamais demandé. Je préfère enchaîner.

– Pourquoi maman alors ?

– Parce qu'elle m'a ébloui. Par sa beauté d'abord. Par sa liberté ensuite. Elle vivait pleinement. Avec toutes ses copines. En colocation, comme on dirait aujourd'hui. Elle n'avait pas d'attaches. Elle n'en voulait pas. J'étais subjugué. Elle était différente. Elle avait cette liberté que je n'avais pas trouvée chez moi et me l'offrait sur un plateau. J'ai cru longtemps que je pourrais l'être, moi aussi. Libre. Comme elle. Parce qu'elle ne faisait rien comme les autres. Parce qu'elle faisait les choses à sa façon. Moi, j'ai jamais réussi à me libérer de mon histoire, de mes parents, tout ça.

Mon père n'a pas été désiré, né d'un père qui rêvait de fuir vers l'Argentine et d'une mère qui avait perdu ses deux premiers enfants sous les bombardements pendant la guerre.

Il était, a toujours été, l'enfant de trop, élevé dans le souvenir de ce frère et cette sœur disparus.

Toujours considéré comme le fil à la patte qui avait empêché cette nouvelle vie de l'autre côté de l'Atlantique.

Tout ça, je l'ai appris en filigrane. Au fil du temps. Sans jamais poser de questions.

Les enfants ont les oreilles qui traînent et écoutent avec attention les cœurs qui battent plus que de raison.

– Quelque part, Victoire m'a fait penser à ta mère. Elles ne sont pas pareilles. Elle est plus cash que ta mère, mais elle n'attend pas après quiconque pour avancer. Regarde. Elle s'est barrée…

– Toi, tu aimes la liberté.

– Tu crois ?

– On dirait bien. Fais gaffe, tu roules à gauche.

19

Gontran veut sortir de la camionnette.

Il est tard. Les lampadaires sont allumés.

Le soleil a disparu. La nuit est noire.

J'ai faim.

On s'arrête sur le bord de la route au milieu de nulle part.

Une sorte de pampa avec un seul resto à l'heure espagnole.

Je pousse les portes battantes comme au saloon. Là, je découvre une salle pleine de gens, vieux, jeunes, enfants, familles, amis, employés qui sortent enfin de leur journée étirée.

J'ai tout de suite envie de dîner là.

Mon père rechigne.

– On a tout ce qu'il faut dans la camionnette.

– Non, je veux manger là.

Mon père ronchonne, mais Gontran déjà sympathise avec une belle chienne toute bichonnée autour de la gamelle d'eau à l'entrée.

– J'ai envie qu'on boive. Et de manger. J'ai vu qu'il y avait des calamars en plat du jour.

J'entends mon père rager derrière moi.

La serveuse, large tablier autour de la taille, nous installe sous la climatisation, dispose une nappe blanche en papier et des couverts.

– *¿Para comer ?*

– Oui, manger ! Et boire aussi !

Mon père se met à scruter la salle. Il ne connaît personne. L'inconnu semble l'effrayer. J'ai l'impression de voir un oisillon tombé de son nid. Je comprends ce qu'il me disait à propos de la liberté de ma mère qui l'avait tant attiré. Elle pouvait débarquer à l'improviste n'importe où et épater la galerie. Elle était à l'aise quel que soit le cadre. Je crois avoir hérité de sa faculté d'adaptation. À une fête de famille, dans une grande salle communale, voyant une batterie sur la scène, ma mère s'était mise à jouer fort, très fort, très mal aussi ; mais elle avait su capter la foule attablée et nous avait tous fait rire. Une autre fois, en Chine, ne parlant pas un mot de chinois, elle avait posé avec tous les convives, tellement heureux de rencontrer une femme blonde porte-bonheur. Elle savait mettre à l'aise, sans déranger. En liberté.

La serveuse pose deux grands bocks de bière et deux assiettes de calamars frits.

Je n'attends pas et dévore.

Mon père ne touche strictement à rien, à peine boit-il quelques petites gorgées de bière. Assoiffé, j'en commande une deuxième. Les rôles s'inversent. Gontran se lèche les babines. Sa jeune dulcinée a partagé sa gamelle avec lui. Il roucoule. Mon père continue de râler.

– Regarde, celle-là, avec ses grosses mains ! T'as vu l'autre, là, avec son petit short ? Ça ne se fait pas. Tu ne te promènes pas en ville comme ça. Et celle en face, elle a dû se faire refaire la poitrine.

Mon paternel dans toute sa splendeur. Pour trouver sa place, il n'aime rien tant que critiquer les autres.

– Et alors ? Si elles sont heureuses comme ça ?

– Oui, mais quand même !

– Quand même quoi ?

– Je sais pas. Ça ne se fait pas.

– Papa. Laisse tomber. Occupe-toi de toi. Réfléchis à ce qu'elles doivent dire de toi.

– J'en ai rien à foutre.

– Eh bien, voilà ! Et tu sais quoi ? Je crois qu'elles pensent comme toi.

Je reprends des calamars. Mon père boude carrément. Il est complètement perdu. Hors de son royaume, point de salut. Cet arrêt dans ce petit resto de campagne me le montre sous un autre aspect. Il n'aime pas être détourné de sa vie casanière. Tout ce qui n'est pas prévu ne le satisfait pas. Tout ce qui n'est pas prévu par lui. Il repousse sa bière à présent. Je sais pourtant qu'il meurt d'envie de la boire. Un sale gosse. J'ai envie de l'engueuler.

Finalement, je me lève, demande l'addition et passe mes bras autour de lui. Enfin. Sans rien dire. Je sens son cœur battre à tout rompre. La grosse caisse sous sa poitrine.

La serveuse me tend le ticket. Je dégaine mon portefeuille en premier.

– Je t'invite, papa. Et on va dormir là. J'ai vu que vous aviez des chambres, mademoiselle, n'est-ce pas ?

20

La serveuse, toujours le tablier autour de la taille, nous guide jusqu'à notre chambre d'un pas lourd.

Il lui reste bien une chambre libre pour la nuit, mais avec un seul lit deux places.

Mon père grimace un peu plus en entrant dans la pièce éclairée au néon.

– Allez, viens, on se barre.

Gontran, lui, saute sur le matelas et prend ses aises en travers du lit.

Cette nuit s'annonce mal.

Mais je tiens vraiment à retrouver Victoire et à disperser les cendres de ma mère.

Sans attendre l'aval de mon père, j'accepte l'offre de la serveuse.

Elle nous précise les dernières instructions pour la climatisation, le petit déjeuner et laisse les clés dans la serrure. Mon père est livide.

– Je veux rentrer chez moi.

– Papa… Dis-toi que c'est un peu comme des vacances…

– Je veux rentrer chez moi.

– Allez…

C'est vrai que la chambre n'a pas dû être rénovée depuis les années soixante-dix. Voire soixante. Le couvre-lit en velours gaufré, les napperons en dentelle, les tableaux de chatons au point de croix et la misère suspendue au-dessus de la fenêtre sont loin des belles photos des magazines d'architecture que je dégote pour Coco. Pourtant, ce côté rétro me convient étrangement.

Mon père reste assis sur le seul fauteuil en skaï marron près du lit.

J'enlève mes vêtements, et reste en caleçon. Je m'allonge et m'étire.

Gontran vient automatiquement se lover contre moi.

– Allez, fais pas cette tête.

– Je te le revaudrai.

– Pas de souci. T'aurais préféré dormir dans ta camionnette ?

– Oui. D'ailleurs quand je pars, c'est ce que je fais.

Mon père tente de s'allonger de l'autre côté du lit. Gontran lui lèche le visage de satisfaction. Visiblement, cette petite échappée n'est pas pour déplaire à tout le monde.

J'attrape mon téléphone portable.

– Souris un peu, je demande.

Mon père fronce les sourcils. Seul Gontran me léchouille de plaisir.

Étrange tableau de mon père, Gontran et moi dans un vieux lit en bois à barreaux. Un instant, j'hésite. L'envoyer à Coco ? Je préfère garder celle-ci pour moi.

– Tu pars souvent comme ça avec ta camionnette ? Et Victoire, elle ne vient pas ?

– Oui, souvent, mais sans elle, elle ne veut pas. Elle préfère aller chez sa copine au bord de l'eau.

– Tu m'étonnes. Tu sais que je comprends de plus en plus son départ…

Il ne m'écoute pas. Parle la tête vers le plafond, comme à lui-même. Une mouche tourne dans la pièce depuis notre arrivée.

– Je roule, je roule, et je m'arrête. Pour penser. J'adore rouler la nuit. Et je dors. N'importe où.

– Tu pars comme ça ? Sans prévenir ?

– Si, je préviens. Mais j'ai besoin de ces moments de solitude.

La mouche s'arrête. Elle s'est posée à côté du néon. J'imagine sa vision là-haut. Nous trois. Dans un lit. Au milieu de nulle part. Et mon père tout habillé en train de me parler de son besoin de solitude.

– Pas toi ? demande mon père.

– Si, parfois. Pas facile pourtant. Avec Léo, avec Claire, je suis constamment sollicité. Le soir, c'est la course à la maison. Je veux toujours être là pour le dîner.

Claire aussi. Alors je préfère ne pas manger le midi. Et je rentre plus tôt.

– C'est bien. Je n'ai jamais réussi à faire ça, moi, avec toi.

Mon père garde les yeux rivés sur le néon et le ventilo aux pales brinquebalantes au-dessus de nos têtes, les mains sous son crâne et l'oreiller.

Je me tiens de la même manière.

– Je sais très bien que tu n'as jamais mangé avec nous le soir. Je ne t'en veux pas, d'ailleurs. Mais c'est pour ça que je tiens à ce moment. C'est notre moment à nous, à Léo, à Claire, à moi, le soir. Avant on lisait des histoires à Léo avant de s'endormir. On alternait. Maintenant, il n'en a plus rien à faire. Enfin, c'est ce qu'il nous fait croire. À quinze ans, il dort toujours avec son doudou. Il pleure parfois. Il nous parle de maman.

– Ils étaient proches, tous les deux. Ta mère adorait son petit-fils.

– Je sais. Il a peur de la mort. Il ressort des photos. Elle lui avait expliqué qu'elle partirait, qu'il serait triste, mais qu'elle penserait toujours à lui. Elle avait fait un cahier de photos. Tu le savais ?

– Je sais. C'est moi qui l'ai fait. Quelques semaines avant qu'elle entre en soins palliatifs. Elle a sélectionné toutes les photos. Je les ai fait imprimer et elle a choisi l'album. Un album avec une fusée. Et des étoiles. Pour qu'il se rappelle d'elle, même là-haut.

Des larmes roulent sur mes joues sans que je puisse rien contrôler.

J'imagine mon père au-dessus du lit médicalisé de ma mère en train de sélectionner des photos pour leur petit-fils.

– Elle le lui a donné quelques jours avant de mourir, continue mon père. Elle lui a dit que c'était un secret entre elle et lui. Qu'il ne devrait ouvrir le paquet qu'après son départ. Pas avant. J'étais là. Je m'en souviens. Je ne voulais pas pleurer. Pas devant Léo. J'ai tout gardé pour moi.

La mouche a repris sa danse. Une danse macabre.

– Tu me demandes jamais de nouvelles de Claire.

– Léo m'en donne.

– C'est un gosse !

– Elle ne m'aime pas.

– Toi non plus. Je te rappelle que tu l'as traitée de connasse.

– C'était mérité.

– Tu te rends compte de ce que tu dis parfois ?

Je me redresse sur le lit et plante mes yeux dans les siens.

– Tu n'as pas le droit de dire ça. C'est ma femme.

– Pardon.

– T'es qu'un vieux con, de toute façon. Tu vas finir seul. Abandonné. Plus personne ne viendra te voir. T'aimes rien. T'aimes personne. Tu t'en rends compte de ça, papa ? D'ailleurs, je ne sais même pas ce que je fais ici. À vouloir t'aider. Pourquoi ? Tu ne le mérites pas.

Je me lève d'un coup, et me rhabille.

– Qu'est-ce que tu fais ? me demande-t-il subitement.

J'entends l'émotion dans sa voix, l'inquiétude aussi.

– Je me barre. Moi aussi. Tu m'emmerdes. T'as pas le droit de parler des gens comme ça. T'es qui, toi, pour engueuler les autres ? T'es qu'un vieux con, vraiment.

– Pardon, j'ai dit, répète-t-il mollement.

– Je n'y crois pas une seconde, à tes excuses, à ton pardon.

Rhabillé, j'attrape mes affaires, l'urne de ma mère et claque la porte de la chambre. J'entends déjà Gontran gémir à l'intérieur. Dehors, le ciel est maintenant étoilé, je lève la tête et plusieurs astres scintillent. J'aimerais avoir une fusée moi aussi. J'attrape l'urne et la serre fort contre moi. Très fort.

21

– Je m'excuse, je t'ai dit. Ça te va comme ça ?

Mon père me suit avec Gontran. Il marche d'un pas rapide pour revenir à mon niveau.

– Attends-moi !

Je ralentis.

– Je ne voulais pas te faire de mal.

– C'est loupé. J'ai l'impression que tu ne te rends pas compte de la valeur de tes mots.

– Non. Si. Enfin, quand je vois comment tu réagis, je me dis que c'est grave.

– Ah bah, quand même ! je rétorque.

Je continue d'avancer d'un bon pas.

– Arrête. Rends-moi ça, dit mon père en désignant l'urne entre mes bras. On rentre, et tu retournes chez toi. Et on n'en parle plus.

– Non, papa. C'est trop simple. Je n'ai pas fait tout ça pour rien. Et qu'est-ce que tu vas faire, tout seul ?

– Tu m'as dit que je finirais seul comme un vieux con. Bah voilà. On y est.

– Non. On va aller chercher Victoire et libérer maman. Ça suffit maintenant. Faut avancer. Faut arrêter de se morfondre dans son coin.

– J'ai essayé de démarrer la camionnette. Elle ne repart pas.

– Tu plaisantes ?

– J'ai une gueule à plaisanter ?

Finis, les mots doux. Mon père a retrouvé son air désagréable et antipathique.

– Qu'est-ce qu'on fait ? je demande.

– On dort dans ton hôtel. Et on verra demain. De toute façon, on n'a pas trop le choix.

– Ce n'est pas MON hôtel. C'est UN hôtel. Et si tu veux, dors dans ta camionnette. Moi, je retourne dans MA chambre avec Gontran. Ça nous fera des vacances, à lui et moi.

Mon père ne pipe pas mot. Je fais demi-tour avec Gontran à mes basques. Dans la lueur de la nuit, je vois mon père se diriger vers sa chère camionnette. Il s'apprête vraiment à le faire. Je n'ai pas le courage de l'en dissuader. Je remonte les marches de l'hôtel quatre à quatre, exténué, la porte est ouverte. Je m'affale sur le lit tout habillé, Gontran glisse sa truffe contre moi. Je commence à m'endormir ; et dix minutes plus tard, mon père toque.

– Il fait trop froid, murmure-t-il derrière la porte. Et j'aurais trop peur que la serveuse vienne te draguer cette nuit. Je pense à Claire. Je peux dormir avec vous, les gars ?

J'ouvre sans faire aucun commentaire et me recouche aussitôt. Je me colle à Gontran qui n'a pas bougé une patte.

Mon père retrouve sa place.

Moi la mienne.

Et nous nous endormons.

J'aimerais dire que cela me rappelle ma jeunesse.

Mais je n'ai aucun souvenir de mon père dans un lit à me lire des livres ou à s'allonger avec moi pour me raconter des histoires.

– Tu sais, je suis fier de toi. Je ne te le dis pas, mais je suis fier de toi.

Sa voix résonne dans la pénombre de cette petite chambre.

Il sait très bien que je ne dors pas. Que je n'y arrive pas.

– Dans ma famille, on n'a jamais su se parler. Jamais mon père ou ma mère ne m'ont embrassé sur le front avant d'aller dormir. Encore moins serré dans leurs bras.

Je ne bronche pas.

– Je ne peux pas dire que j'en ai souffert, je ne savais pas que l'on pouvait se dire autant de mots. C'est avec ta naissance que j'ai compris que je n'avais pas tous les codes pour être un bon père. Je ne sais d'ailleurs pas ce qu'est être un bon père. On essaie de faire comme on peut. J'ai fait comme je pouvais. Peut-être mal. Peut-être bien. Mais je suis toujours là, tu vois. Et tu sais que tu peux compter sur moi. Je te regarde faire avec ton fils. Ça m'impressionne. Je ne saurais pas le faire. Mais j'admire. Il a de la chance d'avoir un père comme toi, Léo. Moi, en tout cas, j'aurais bien aimé avoir un père comme toi…

Silence. Noir complet.

Les lampadaires extérieurs sont éteints désormais.

Cinq minutes plus tard, j'entends mon père ronfler.

Je reste là, les yeux grands ouverts, la tête en vrac, le cœur haletant.

La mouche virevolte encore, et la lune laisse filer quelques éclats entre les rideaux. Je les fixe pour me rassurer et m'endors enfin, presque serein, Gontran dans mes bras.

22

Le lendemain matin, levé dès l'aube, je suis seul au lit avec Gontran. Il ronfle plus que mon père. Je retrouve mon géniteur, déjà attablé à la table du petit déjeuner. Il touille frénétiquement son café, dans lequel il fait tomber des paquets de sucre, les yeux rivés sur un écran de télé gigantesque, complètement absorbé par une *telenovela* en espagnol.

– Tu te rends compte ! Il l'a déjà quittée deux fois et elle continue de vouloir coucher avec lui.

Mon père, fan de séries à l'eau de rose. J'aurais pensé à tout, sauf à ça.

– Et puis, il ne le sait pas, mais elle, c'est une vraie garce.

Une vraie midinette.

– Avec ta mère, on adorait regarder *Plus belle la vie* le soir. C'était notre petit moment à nous.

Je ne sais pas si j'ai envie d'en savoir autant sur la vie intime de mes parents.

– Qu'est-ce qui te plaît dans ces téléfilms ?

– Ça parle de la vie.

– La vie ? Mais papa, rien n'est vrai là-dedans !

– Si, tu te trompes. Tout est vrai, au contraire. Ils parlent de nos problèmes, des réalités. C'est mieux que le journal.

– Tu plaisantes ?

Je crois que mon père est clairement imprégné par ces histoires, qu'il les vit au premier degré. Je comprends qu'il rêve d'une certaine réalité. Il ne vit pas dans un vrai monde.

– Tu vois, elle, je l'ai vue enceinte. Aujourd'hui, sa mère est morte. Eh bien, je suis triste.

Mon père éprouve des sentiments pour des héros de télévision. Un peu comme moi avec mes héros de roman.

– Et moi ? Quand je te raconte mes histoires, j'ai l'impression que tu t'en contrefous, fais-je remarquer.

Il ne bouge pas d'un pouce, complètement hypnotisé par les aventures de cette jeune mère blonde peroxydée orpheline. Pourtant, le voir l'œil scotché à cette série débile m'amuse.

Je le sens totalement en empathie avec ses héros.

Il vit l'action avec eux.

Il leur parle. Il les encourage.

Il est à leurs côtés dans la série télé.

De l'autre côté de la vie. À côté de la sienne.

Il a toujours vécu par procuration sans jamais vraiment vivre pleinement.

Comme s'il ne s'était pas autorisé à vivre jusqu'ici, toujours prisonnier du regard de l'autre. Du regard de ma mère, sa vraie héroïne, qui écrasait son horizon autant qu'elle l'élargissait par sa simple présence.

Mon père est un héros de fiction. Un personnage qu'on aurait du mal à imaginer.

Il est sous tension permanente. Il vibre sans filtre. Il se met à râler, à hurler, à s'emporter sans raison et peut pleurer pour une héroïne de série télé en caressant son chien. Quel est cet homme que j'observe dans toutes ses failles, tous ses retranchements ? Ma mère cachait les arbres de sa forêt. Quel être ! Je ne sais pas si je l'aime, mais j'admire la complexité du personnage. Auprès de lui, j'ai l'impression de vivre soudain dans l'une de ses séries télé à l'eau de rose où mon père tient enfin le premier rôle.

23

Mon père a réussi tant bien que mal à réparer sa camionnette.

La serveuse nous a bien aidés au passage. Je crois que le duo père-fils l'a attendrie.

Il lui a fait son numéro de charme traditionnel. Il a parlé fort et multiplié les sourires. Je crois même qu'il lui a raconté quelques-uns des épisodes de la *telenovela* qu'elle n'avait pas pu voir… Elle a vite appelé un de ses fidèles clients qui a rappliqué dare-dare. En deux temps trois mouvements, l'affaire était réglée.

Avant de monter à bord, je propose à mon père de conduire.

– Pourquoi ?

– Et pourquoi pas ?

Il trouve l'idée bizarre, mais il accepte de s'installer côté passager. Il récupère l'urne de ma mère, bien installée entre ses cuisses désormais. Décidément, cette image me ravit.

Le prince nu est à mes côtés. Totalement paumé, le cœur disjoncté. La petite serveuse n'a-t-elle pas d'autres amis pour réparer ce genre de moteur-là ? Ses Crocs orange aux pieds, sa chemise de bûcheron informe, même sous ce cagnard, ouverte sur un vieux tee-shirt décoloré offert par une marque de bière, et son pantalon plus ou moins propre, lui donnent une allure de clown triste. Il n'a ostensiblement pas envie de faire le moindre effort. Pourtant, sa dégaine n'a pas arrêté la serveuse. Elle lui a souri, a même ri à ses blagues, malgré un espagnol approximatif. Est-ce moi qui m'impose des contraintes inutiles ?

– Quand je te vois, je me dis qu'on se met des barrières inutilement.

– Pourquoi tu dis ça ? demande mon père.

– Bah, je ne sais pas, t'es plus libre que je ne le pensais. Je suis peut-être trop sérieux.

– On ne l'est jamais assez.

– J'ai toujours l'impression qu'il faut des cadres, des règles. Qu'on ne respecte jamais assez les limites qu'on se donne. En fait, je crois que je suis psychorigide.

– Pas faux.

Je donne un coup de coude à mon père.

– Un peu de respect, je suis ton fils ! Et c'est un peu de ta faute aussi. C'est maman et toi qui m'avez élevé comme ça.

– On t'a imposé des règles, nous, avec ta mère ?

– Non, justement. J'étais tellement libre ! Trop peut-être.

– Ah, je suis content que tu le dises ! Avec ta mère, on ne voulait pas de règles parce qu'on pensait justement que c'était le meilleur moyen pour que tu t'en crées toi-même. Et tu vois, ça a marché.

– C'est à double tranchant. J'aurais pu mal finir.

– Il suffit juste d'avoir confiance en soi. N'empêche, c'est le meilleur compliment que tu puisses me faire… On se met les barrières qu'on veut bien se mettre, Gontran. À mon âge, avec mon expérience, j'ai pu voir qu'on se met tous des barrières dans la tête. Vieux, jeune, adulte, ado… Et puis, déménager, ça ne change rien. Je m'en rends compte tous les jours. En déménageant, tu déplaces juste tes problèmes un peu plus loin. Ça ne change rien de bouger. Ce qu'il faut…

Il zigzague sur son crâne avec son index.

– C'est dans la tête qu'il faut bouger. Faut pas rester figé. Jamais.

– C'est toi qui dis ça ? T'as vu ta maison ? Tu ne jettes rien ! On dirait un mausolée ! Un vrai foutoir, ta baraque ! Ça ne ressemble à rien. On ne sait pas où marcher, on a peur de faire tomber des piles de trucs entassés depuis des siècles…

– C'est bien ce que je t'ai dit. Tu ne fais que déplacer les problèmes en déménageant. Tes problèmes ne changent pas. Faut juste bouger dans ta tête…

– Je ne te suis pas.

– Ta richesse n'est pas matérielle, Gontran. Ta richesse, tu la construis en toi. Le cadre, on s'en fout. Je pourrais avoir du marbre et des pièces épurées dans ma baraque, comme tu dis. Mais la seule chose qui compte, c'est ce que j'ai là-haut.

Il se frappe la tête, du doigt désormais.

– Parfois, je me demande justement ce que tu as là-dedans, dis-je, l'œil rivé sur le bitume.

– On ne se comprend pas tous les deux, mais on sait qui on est l'un pour l'autre. T'aimes peut-être pas mes manières, ma façon de bouger, de parler avec les gens, mais moi aussi, y a plein de trucs que je n'aime pas chez toi, tu sais. Je regarde. J'observe. On croit que les parents sont toujours en admiration devant leurs enfants. Moi, je suis fier de toi. De ce que tu es devenu, de la famille que tu as construite. J'en aurais été incapable. Mais je sais que tu as des comportements qui me déplaisent. Et je ne dis rien.

– Pourquoi tu ne dis rien ? Ce serait bien de parler…

– Pour quoi faire ?

– Bah justement, si ça ne te plaît pas, si t'aimes pas ce que je dis, plutôt que de tout garder en toi, pour éviter que cela monte, monte, monte…

– Quand ça monte, ne t'inquiète pas, je sais quoi faire, m'interrompt mon père.

– Je n'ai pas l'impression. Tu te refermes comme une huître à chaque fois, tu fais ta tête des mauvais jours, je vois ta colère, tu sais… En trente-neuf ans, j'ai appris à analyser toutes tes expressions. J'en ai un catalogue entier. Là, par exemple, je sais que cela t'énerve. T'as envie d'exploser mais tu te retiens, alors tu gonfles tes joues. On dirait un hamster.

Je jette un œil dans le rétro. Mon père s'amuse à jouer les rongeurs. J'explose de rire. Mon père aussi.

– T'as jamais consulté de psy ?

– C'est pour les fous, les psy… Je ne suis pas fou.

Je préfère ne pas répondre.

– Ah, tu vois ! Toi aussi ! Tu adoptes la même technique que moi, on dirait…

Mon père m'a pris à mon propre piège et ne semble pas mécontent de sa mauvaise blague. Dans le rétro, les joues gonflées, j'ai tout d'un hamster à mon tour. Le portrait craché de mon père.

24

Nous traversons des villages d'opérette. Les arbres sont secs. Le sol est pierreux.

– Il ne serait pas temps de faire *almorzar* ?

Depuis que mon père a déménagé en Espagne, j'ai découvert ce moment particulier de la journée. Pas un petit déj', pas un déjeuner, mais une manière de patienter en croquant dans un sandwich ou toute autre pâtisserie bien calorique en milieu de matinée. Mon père semble même avoir un peu trop abusé de cette nouvelle coutume.

Nous nous arrêtons dans un genre de cafétéria ouverte sur la rue, oasis perdue dans un village tout aussi oublié. Gontran saute par la vitre ouverte. Quelques tables sont installées au bord de la route, certaines dotées de parasols colorés. Le soleil est déjà haut, tapant fort, nous avançons courbés et optons pour le parasol. Gontran a déjà vidé une gamelle d'eau et mon père commande illico un chocolat chaud et des churros.

Léger.

Je prends l'option café et sandwich au jambon.

– Tu ne veux pas un chocolat chaud plutôt ? insiste mon père.

– Non. J'aime pas ça.

– T'aimes pas le chocolat chaud ? Première nouvelle. T'en buvais des litres quand t'étais petit.

– Je n'aime *plus* ça. On évolue. Tout change. Regarde, toi. Qui aurait dit il y a cinq ans que tu serais ici, avec moi, un matin, devant un chocolat chaud et des churros ?

– Personne. T'as raison. On évolue. Un jour, un client m'a dit que j'étais, je m'en souviens « doté d'une plasticité mentale intéressante ». Parce qu'on peut évoluer, mais pas forcément s'adapter. C'est le secret. Il faut savoir s'adapter. À tous les milieux, tous les univers. Ta mère était très douée pour ça. Plus que moi. Encore une fois : ne pas se mettre de barrières. Et foncer. J'ai toujours fait ça avec ta mère.

– Tu vois que tu fréquentes des psy…

– C'était un client.

– Qui te dit qu'il ne l'était pas ?

Mon père fait la moue.

– Et avec Victoire, tu fonces ?

– J'essaie aussi.

– Ça a l'air de moins bien marcher…

La serveuse nous apporte le chocolat chaud fumant. Elle semble avoir fait fondre une tablette entière dans la tasse de mon père. Les churros sont longs, craquants et saupoudrés de sucre glace. Le jambon de mon sandwich suinte tout aussi généreusement. Je croque dedans sans attendre la réponse de mon père. Gontran louche sur mon sandwich, je ne lui laisse pas le temps d'en profiter. Ses yeux sont comme des banderilles pleines de jalousie. Mon père, lui, a du sucre glace plein la moustache.

– Avec Victoire, c'est… particulier.

L'attitude de mon père vis-à-vis d'elle me rend perplexe. Il paraît attaché à elle, mais qu'elle parte comme ça, du jour au lendemain, ne semble pas le perturber plus que ça. À sa place, si Claire quittait la maison, je ne serais pas ravi.

– Ça arrive souvent qu'elle parte comme ça ?

– Assez.

– Ça n'a pas l'air de te tracasser.

– Elle est libre de faire ce qu'elle veut. Moi aussi.

Ses joues sont complètement détendues maintenant, juste pleines de churros qu'il a l'air d'apprécier particulièrement.

– Tu devrais goûter.

Mon père me tend l'assiette de churros fumants. Je me laisse tenter.

Le goût du sucre fondu et de la pâte tiède me replonge en enfance. J'ai cinq ans sur cette plage du Morbihan où j'apprends à nager. Tout en buvant des litres de chocolat chaud en effet. Je me sens bien. Le temps béni de l'enfance, des nouveaux apprentissages les pieds dans l'eau. Je me sens détendu, un peu plus encore. Je revois mes parents assis sous le parasol rouge écarlate en bordure des rochers où des coquillages s'amoncellent. Je les sens craquer sous mes pieds dans le sable. Je saute dans les vagues. Mon père est dans l'eau, à côté de moi, il me porte. J'ai peur mais j'ai envie d'y aller. Je prends une grande inspiration. Je m'encourage. « T'es fort, Gontran ! T'es fort ! » Mon père garde les yeux rivés sur moi. Je l'entends crier mon nom. Le timbre de sa voix pourtant n'a rien de sympathique. J'ignore à l'époque qu'il ne sait pas nager. Qu'est-ce qui tourne dans sa tête ? Est-il fier de voir son fils nager vers d'autres horizons ? A-t-il une crainte ? Peut-être de rester sur la touche, sans savoir nager ? Est-il jaloux de moi ? Dans l'eau, j'effectue mes premières brasses. Je bois la tasse. Une fois, deux fois, puis je m'élance. Je sens l'eau qui s'écarte le long de mon corps. Je découvre cette sensation. Je me sens bien. Courageux. Fier d'avancer seul. Je jette un œil à mon père resté derrière moi. Et je l'aperçois, délaissé, les pieds dans l'eau, les mains sur les hanches dans son slip de bain noir, me voir partir devant lui, sans me retenir.

25

Nous reprenons la route sans dire un mot.

Bob Marley enchaîne quelques tubes dans le radio-cassette.

Et puis soudain, le moteur de la camionnette se met à ahaner.

La durite semble avoir définitivement lâché, malgré les tentatives de mon père et de l'ami de la serveuse.

Une odeur de caoutchouc brûlé se propage dans l'habitacle.

Je sors et je ne peux que constater la fumée sortant du capot.

Autour de moi, des champs d'oliviers à perte de vue et pas âme qui vive.

Nous sommes bien perdus au milieu de nulle part.

Mon père râle, tape sur le volant et sort furibond, avant de s'en prendre au capot d'un coup de poing.

– Tu me fais le coup de la panne, en fait ?

Le paternel n'apprécie pas ma blague. Il redouble

d'injures. Et enchaîne avec un grand coup de Crocs dans les pneus.

Je devrais être énervé moi aussi, mais rien ne vient. Je suis même content d'être là.

Pourtant ma femme à Paris doit protester, à juste titre, contre mon absence.

Mon fils doit avoir des yeux de lapin devant son écran.

Coco doit s'arracher les cheveux avec les photos pâles et vieillottes de Michel.

Victoire doit se la couler douce en position du lotus avec sa copine au bord de l'eau.

Et je me dis qu'elle a raison.

Alors je m'assois à mon tour au bord de la route, Gontran file déjà dans les champs à la chasse aux lapins, tandis que mon père garde la tête dans le moteur.

– C'est beau. Tu ne trouves pas ?

Le réparateur improvisé passe une tête hors du capot.

– Hein ? Tu m'as parlé ?

– Tu ne trouves pas que c'est beau ? je répète.

Le soleil orangé termine d'inonder les arbres gonflés d'olives et parfaitement alignés devant moi. La queue de Gontran sautille à travers champs. Je suis captivé, un peu sonné mais ravi par ce spectacle grandeur nature.

Mon père se redresse et vient se planter près de moi.

– Tu peux répéter ? me demande-t-il, soudain grave.

– Quoi ?

– Ce que tu viens de dire…

– Tu ne trouves pas que c'est beau ?

Il retient sa respiration.

– C'est fou, c'est exactement ce que ta mère m'a dit quand on est tombés en panne sur l'A13 en Normandie, quelques mois avant que tu naisses. C'était un dimanche matin. Elle avait envie de voir la mer. Alors j'ai pris la vieille 504 d'un copain, et on est partis à la mer avec Joëlle, sa copine d'enfance, et Maria, leur amie grecque. Ta mère voulait sentir le sel. C'est ce qu'elle disait. « Le sssssel. » Je l'entends encore prononcer ces mots. Et on est tombés en panne…

– Décidément. C'est ton truc, on dirait.

– Ça ne m'est jamais arrivé depuis.

– Et qu'est-ce que vous avez fait ? Dis-moi… que je m'adapte…

– Ta mère est sortie de la voiture avec ses copines. Elle s'est assise comme toi, là, les bras par-dessus les jambes au bord de la route, et elle m'a dit : « Tu ne trouves pas que c'est beau ? » On était presque arrivés. C'était à quelques kilomètres de Deauville, vers Pont-l'Evêque. Y avait que des vaches et des pommiers devant nous. Elle a répété cette phrase plusieurs fois. Et elle m'a dit : « En fait, c'est ici que je veux élever notre enfant, Manuel. Pas ailleurs. Pas à Paris. Et si c'était un signe ? Et si on restait là ? » C'est comme ça qu'on a atterri en Normandie quelques semaines plus tard, la voiture réparée et pleine à ras bord, pour emménager dans une petite maison à colombages. Dans la foulée, j'ai trouvé un boulot de représentant. Tout ça en quinze jours, même pas. Ta mère ne s'est jamais trop souciée des contraintes. Pour elle, rien n'était impossible. Et le monde était un grand terrain de jeu. C'est comme ça que tu es né à Lisieux.

– Tu crois que cette panne, c'est… un signe ?

– De ta mère, sûrement.

Au même moment, Léo m'envoie une photo de lui avec sa copie d'un devoir d'histoire qu'on a bossé ensemble. Un 14/20. Je lui envoie des mains qui applaudissent. Il me répond : « On fait une belle équipe. » Je m'arrête un instant. Je réfléchis à la phrase de Léo. Et je n'ai plus qu'une envie : le serrer dans mes bras. Pas trente-six solutions.

– T'as dit que le monde était un grand terrain de jeu pour maman ? Alors je vais dire à Léo de nous rejoindre, dis-je sans sourciller.

– Hein ? Ici ?

– Non, chez toi.

– Et comment tu le récupères ?

– Il va prendre l'avion. Tout seul. Je vais lui envoyer un taxi à l'aéroport. On va passer du temps ensemble, papa. C'est ça que maman voudrait.

– Et Claire ? s'inquiète-t-il soudain.

– Elle sera ravie d'être un peu seule à la maison. Elle va devenir directrice de tout son secteur géographique. Faut pas qu'elle se plante. Elle doit rester concentrée. Les big boss américains viennent à Paris.

– Et ma camionnette ?

– On appelle le dépanneur. Ou on la laisse là et on fait du stop. T'as un autre plan ?

Mon père met ses mains sur ses hanches.

– Va pour le stop. Je la ferai réparer plus tard. De toute façon, elle ne vaut plus rien. Faut que j'en achète une autre.

Il reste debout à mes côtés, et contemple l'horizon avec moi. Il pousse un soupir de soulagement.

– T'es pas con quand tu veux.

Il me donne une bourrade sur l'épaule.

– C'est peut-être en effet le moment de changer de voiture, dis-je. Peut-être le moment d'avancer tout court. Victoire attendra, non ? Elle est partie, de toute façon. Elle ne t'a pas dit quand elle rentrait ?

Mon père fait non de la tête.

– Alors ça tombe bien. Quelques jours entre mecs. Entre pères et fils.

J'attrape mon téléphone. Je me renseigne pour faire voyager seul un enfant mineur, je checke les horaires des vols. Je deviens un spécialiste des vols de dernière minute. Au bout du fil, j'explique mes plans à Claire, au beau milieu d'une des réunions de présentation marketing : elle me chuchote un « Parfait » dans lequel j'entends une certaine satisfaction non sans un peu d'appréhension. Elle doit vraiment me prendre pour un fou. Je crois au contraire n'avoir jamais été aussi lucide de ma vie. Ma voix calme et posée doit la rassurer. Elle raccroche en me disant qu'elle m'aime. Dans la foulée, je reçois le billet de Léo, la décharge parentale signée que je fais suivre à mon fils. Léo m'appelle, sans rien comprendre à l'avalanche de messages et de mails reçus en quelques minutes sur son portable. Je l'entends s'exciter sur son clavier et sa souris.

– Y a rien à comprendre, Léo. Tu montes dans le taxi qui arrive et tu files à l'aéroport.

De sa voix éraillée adolescente, il me répond un inexpressif « hmm hmm », sans vraiment être sûr d'avoir tout saisi, sans avoir perdu non plus le fil de son combat sur *Fortnite*, ce qui semble bien plus urgent que mes envies d'échappées père-fils.

– Prends ton sac, mets deux tee-shirts, deux caleçons, et tu descends au pied de l'immeuble. Maintenant. Tu nous rejoins avec papy. L'avion est dans trois heures. À l'arrivée, un autre taxi te conduira jusqu'à nous. T'as compris ?

– Hmm hmm, marmonne-t-il.

Je l'entends continuer de martyriser son clavier.

– Et super pour ton DS d'histoire.

– Ouais, trop cool.

– Léo, tu n'emportes pas ton ordi. Compris ?

– Ah non, tout mais pas ça !

Mon fils réagit enfin.

– Si, c'est comme ça.

Ma voix ne me trahit pas. Je reste d'une tonalité ferme sans trembler. Je me surprends moi-même. Je vois mon père étonné mais ravi de la tournure des événements, presque serein lui aussi. Il s'est placé au bord de la route, prêt à héler toutes les voitures pour nous raccompagner. Au téléphone, je fais tout répéter à Léo. Je ne sais pas s'il est content, mais moi, ça m'enchante de retrouver mon fils avec mon père. Simplement.

À peine ai-je raccroché qu'une voiture s'arrête pile devant nous.

26

Le ciel est rose désormais.

Il a fallu attendre la cinquième voiture finalement pour qu'un type nous prenne dans un vieux Dodge aussi pourri que la camionnette de mon père. Il se présente, Diego, et nous raconte qu'il est maçon, qu'il rentre d'un chantier. On est serrés comme des sardines, Diego, un de ces gars, mon père et moi à l'avant.

Je me rends compte que je ne connais rien de la vie de mes parents avant ma naissance.

Mon père a parlé d'amies de ma mère dont j'ai vaguement entendu parler dans mon enfance, mais dont je n'ai jamais fait la connaissance.

– Maman n'a jamais revu ses copines avec qui vous étiez allés en Normandie avant que je naisse ?

– Je ne crois pas. Joëlle, c'était un sacré personnage. Elles sont montées toutes les deux à Paris, sans un rond. Je sais qu'elles ont fait les quatre cents coups ensemble. Joëlle était coiffeuse. Elle a rencontré Maria un jour pendant un essayage pour une marque de mode, je sais plus laquelle. Ta mère était une belle femme, grande, c'était la mode des minijupes, Maria l'a emmenée avec elle, et c'est comme ça qu'elle est devenue mannequin. Mannequin cabine, qu'elle disait. Elle essayait les robes pour les clientes. Et ensuite, elles ont habité toutes les trois pendant longtemps.

Première fois que j'entends parler de Maria.

– Maman a revu cette amie, Maria ?

– Aucune idée. Ta mère était très secrète. Très ouverte, mais très secrète. Je sais juste qu'elles sont allées toutes les trois en Grèce, dans la famille de Maria. Ses parents tenaient une pension de famille au bord de l'eau, à Paros. Ta mère m'avait dit : « C'est beau ! Y a des citronniers partout ! » C'est tout ce dont je me souviens.

Diego, notre chauffeur, notre sauveur, nous écoute parler, sourit de temps à autre, avec notre langue en fond sonore. Son gars ne dit rien, les yeux rivés sur son portable. Gontran est resté à l'arrière sur la plateforme ouverte du truck. Il est stoïque, la truffe au vent.

– Et maman n'aurait pas voulu continuer dans le mannequinat ?

– Si, mais elle te voulait. Et de préférence sans père. « Je veux faire un bébé toute seule. » C'est ce qu'elle disait tout le temps. Je l'ai souvent entendue, cette phrase…

Mon père marque un temps d'arrêt. Il regarde droit devant, pour trouver du courage. Ou oublier.

– Je sais qu'elle a eu une aventure, avec un Arménien, avant de me connaître. Elle était tombée enceinte, il ne voulait pas de l'enfant. Il était marié. Elle est partie à Londres avec Joëlle pour se faire avorter. Je sais que cet épisode l'a marquée. Traumatisée presque. Elle a gardé comme un dégoût des hommes après l'Arménien. Une espèce de méfiance. Mais moi, je l'aimais. Je n'ai jamais cessé de le lui dire. Elle s'est peut-être résignée, je ne sais pas. En tout cas, elle voulait réparer cette grossesse avortée. Elle a pris sur elle courageusement et a accepté que nous fassions un enfant ensemble. C'est comme ça que tu es né. Le jour où elle a su que tu étais un garçon, elle a eu un premier mouvement de recul. Elle rêvait d'une petite fille. De coiffer ses cheveux. Mais dès qu'elle t'a vu, elle m'a tout de suite dit : « C'est l'amour de ma vie. »

Mon père reprend sa respiration. Diego n'ose même plus tourner la tête vers nous. Il sait que l'instant est solennel.

– Quand tu es né, j'ai compris que…

Mon père cherche ses mots. Il ne veut pas me blesser. Il ne veut pas blesser ma mère. Il ne veut pas se blesser tout court.

– … j'ai su que je ne comptais plus pour grand-chose à ses yeux. Tu étais son amour. Et le seul. À partir de cet instant, avec ta naissance, j'ai compris aussi que je ne pourrais plus rien faire d'autre que vous regarder tous les deux. Grandir ensemble.

– C'est dur ce que tu dis.

– Mais c'est la vérité, lâche mon père, d'un ton catégorique, sans plus aucune expression sur le visage.

– Par amour pour ma mère, pour ta femme, tu as accepté de te mettre en retrait ?

– Oui.

Le Dodge nous ballotte de droite à gauche. Les discussions les plus franches n'ont pas toujours lieu dans le cadre qu'on espérait, ni à l'instant souhaité.

– Tu ne m'en as pas voulu ? je demande.

– Pourquoi ? Parce que tu étais le fils aimé de ta mère ? Parce que tu étais la huitième merveille du monde ? Non. Tu étais toute sa vie. Et je voulais son bonheur. Elle te voyait grandir avec joie. Alors j'étais heureux. Aussi simple que ça.

Je joins mon regard à celui de mon père, droit devant. Il me donne les clés de mon existence, et j'écoute son désespoir. Quelle force faut-il pour oser aimer à sens unique ? Sans espoir d'un quelconque retour ?

– T'es sûr de ne m'en avoir jamais voulu ?

– Tu es mon fils aussi. Et donner cette joie à ta mère ne pouvait que me plaire. C'était ma chance. Mon bonheur à moi aussi.

Il tourne vers moi ses yeux vert-marron scintillants. Les mêmes que les miens. Une peau tannée, rougie, et dans l'éclat lumineux d'une vérité, je devine la question. Ma mère aimait-elle vraiment mon père ? Des frissons me traversent des épaules au bas des reins. J'en viens à douter. Je tente de cacher l'urne de ma mère tout contre moi, sous le regard inquisiteur de Diego. Je lui en veux presque. Je veux la sortir du jeu. Comme si elle était presque de trop à cet instant entre nous. Que faisais-tu vivre à mon père, toi, là-dedans ? me dis-je.

– T'aurais pu partir ! T'aurais pu te casser de la maison, après tout !

J'essaie de comprendre le geste de mon père.

– Pour quoi faire ? J'aimais ta mère. Toi aussi. Pourquoi partir ? Je n'en avais aucune envie. Je n'y ai même jamais pensé.

Diego nous indique que nous approchons de la maison de mon père. Gontran est déjà aux aguets à l'arrière.

– Et toi ? T'as jamais eu d'autres amoureuses que maman ?

– Avant de la connaître, j'ai été marié, lance mon père, sans réfléchir.

Encore une fois, je n'ai jamais entendu parler de cette histoire.

– C'est ma mère qui voulait. Oui, ta grand-mère. Avec la fille d'une amie à elle. Elle voulait me garder à côté d'elle. C'était une femme possessive, ta grand-mère, précise mon père. Une femme forte. Un peu trop forte.

Je me souviens de ses yeux bleus, de son chignon de matrone, une blouse couleur lavande cintrée qui laissait apparaître des rondeurs. La mâchoire carrée, toujours une Gauloise au coin des lèvres après le déjeuner. Je garde en tête sa voix grave qui m'appelait du bout du jardin pour aller manger. Une fois par mois, pendant les vacances d'été, elle dépeçait un lapin avec une main ferme. Elle tuait les poules en leur tordant le cou d'un geste sec et précis. Elle m'effrayait.

– Un jour, reprend mon père, elle m'a emmené contre mon gré chez cette amie. Sa fille était là. Une brave fille que je n'avais jamais vue. Pas moche. Pas belle non plus. Un peu transparente. Inintéressante. Ma mère m'a dit : « Tu vas te marier avec elle, on a déjà acheté la robe de mariée. »

– Mais c'est le XIXe siècle, ce que tu mc racontes !

– Je sais pas, mais c'est ma vie. J'avais tout juste dix-huit piges, je n'avais rien vu du monde, je ne savais rien sur rien, juste qu'il fallait pas que je loupe mon diplôme de ferronnier d'art. Je savais qu'avec ce diplôme je pourrais m'en sortir, partir, aller ailleurs. Alors j'ai accepté la proposition de ma mère. J'ai épousé cette fille. Kathy. Ma mère a gardé la robe de mariée en haut du buffet de sa salle à manger jusqu'à la fin de sa vie. Je l'ai retrouvée quand j'ai vidé sa maison. Qu'est-ce qu'elle voulait me faire comprendre ? Je ne sais pas. Elle voulait peut-être m'enfermer dans une cage dorée. Moi, je ne rêvais que de m'envoler. C'est ce que j'ai fait deux ans après le mariage, le diplôme en poche, je me suis tiré à Paris. C'était un dimanche matin, Kathy était chez sa mère, j'ai fait mon sac et je suis allé à la gare, sans un sou ; et j'ai pris le premier train pour Paris. C'est là ensuite que j'ai rencontré ta mère et que j'ai su que c'était la femme de ma vie.

Je songe à ce jour où j'ai dit à mes parents que je voulais aller faire mes études à Paris. Je ne rêvais que de cette école de l'image aux Gobelins où j'avais été accepté. À cet autre jour où je leur ai annoncé vouloir me marier avec Claire, sans imaginer une seule seconde qu'ils puissent refuser. Je songe à tous ces moments où j'ai choisi librement, où ils ont accepté mes décisions sans sourciller. En faisant un peu la gueule parfois, mais sans me mettre un veto. Vouloir marier son fils avec une inconnue ! Je reste sans voix.

Le Dodge s'arrête devant le portail de la maison de mon père. Gontran a déjà sauté hors du camion.

27

– Léo est arrivé !

Mon père hurle à faire trembler les murs.

Je suis allongé sur mon lit dans la chambre du donjon, recroquevillé sur le chien et l'urne de ma mère. Une vraie bombe à retardement. Gontran m'aide à calmer ce jeu des secrets, mais à l'annonce de son (vrai) maître, il détale. Les mots de mon père tournent en boucle dans mon cerveau. Cette femme que je vénérais était-elle la déesse que j'imaginais ? Je dépose l'urne sur ma table de nuit, autel improvisé.

Par la terrasse, je vois mon fils, sa casquette Rip Curl délavée bien vissée sur la tête, son skate dépassant de son sac à dos. Il embrasse mon père qui le serre fort dans ses bras. Gontran lui renifle les fesses. Mon père et mon fils semblent surpris, mais ravis, de se retrouver. Léo caresse Gontran. Première rencontre. Je rassure Claire qui me bombarde de SMS depuis plus d'une heure. « Tout va bien. » Enfin, je crois. J'envoie la photo de Léo et mon père par SMS à Claire, copie à Coco. Qui me fait des yeux ronds par émojis interposés. « Dois-je comprendre qu'on ne te reverra pas de sitôt ? » m'interroge ma collègue. Je lui envoie une émoticône d'un homme les bras en l'air. Je ne suis plus sûr de rien depuis mon arrivée ici. J'ai bien fait de poser mes RTT.

Je rejoins Léo, il me salue d'un check dont il a le secret. Mon fils ne m'embrasse presque plus. À peine ai-je le droit de déposer un baiser sur sa casquette. Je remarque qu'il s'est rasé.

– Mais d'où sort ce chien ? demande Léo.

Mon père fait les présentations. Gontran est à la fête.

– Gontran ? Comme papa ?

– Oui. J'ai deux fils maintenant, plaisante mon père. Y en a un qui est plus bavard que l'autre. Et c'est pas celui que l'on croit.

Mon fils rigole, sans trop comprendre. Je ris jaune. Mon père semble reprendre du poil de la bête. Il n'aime rien tant que se mettre en scène, et avec Léo, son public est tout acquis. Gontran s'agite dans tous les sens. Il saute à pattes jointes sur les épaules de Léo, pris par surprise. Une drôle de connivence s'installe entre eux.

J'ai toujours interdit les animaux à la maison.

Mon fils voulait des gerbilles, des rats, un lapin, un chien, un chat.

J'ai toujours refusé.

Par respect pour ces pauvres bêtes.

Les laisser enfermées dans un soixante-quinze mètres carrés toute la journée, une torture à mes yeux. Mon fils a bien essayé diverses techniques pour m'amadouer. Claire m'a aussi souvent rappelé qu'un chat apaise les angoisses.

Léo lâche son sac à dos et commence à jouer avec Gontran, heureux de trouver enfin un complice. Mon père s'arrête et les observe. Il hésite. Il observe. Il se déride. Cette légèreté semble l'apaiser un peu. Il se détend, je vois son visage s'éclairer, presque s'ouvrir. Mon père ressent plus qu'il ne vit. Il me fait penser à un coquelicot, à la fragilité douce et sincère, toujours prêt à flétrir, à périr, sur le fil. Il commence à entrer dans le jeu de Léo et Gontran. Mon père redevient un gosse.

– Va chercher.

Gontran s'élance pour récupérer le bout de bois, Léo à ses trousses. Mon père s'agite derrière eux, soufflant, le ventre en avant. Une certaine insouciance règne. Éphémère, rapide, sincère. On fait semblant d'aller mieux tous ensemble. Une vie paisible, le temps d'une course derrière un bâton. En toute simplicité. Je m'abstiens de courir à mon tour, en retrait, tout à mon poste d'observation. Je goûte l'instant, comme un bonbon à la saveur légèrement acidulée dont on sait inévitablement qu'elle finira par disparaître.

28

Léo marche devant avec le chien.

Mon père et moi suivons, lui tant bien que mal.

– J'ai mal à la hanche, confesse-t-il, comme pour s'excuser d'avancer à pas plus mesurés.

On ne veut pas voir nos parents vieillir. Mon père est devenu un vieillard et je n'ai rien vu.

– En même temps, t'as gardé tes Crocs. T'as pas d'autres chaussures ?

– Non. Je ne mets plus que ça. J'ai mal aux pieds sinon. Je vis pour moi. Je ne mettrai pas de baskets, un point c'est tout. Je préfère mes Crocs.

– C'est un peu égoïste, non ?

Pourtant, au fond de moi, je pense comme lui.

– Par rapport à qui ? à quoi ?

– T'as jamais rien fait comme tout le monde, hein ? je lui demande. Un vrai rebelle ? Un anticonformiste ?

– Tu trouves ?

– Bah oui. Combien de pères déboulent avec un poney

dans le jardin pour l'anniversaire de leur fils ? Fument en roulant à toute vitesse pour emmener leur gosse à l'école ? Mettent ENCORE des Crocs à ton âge ? Je croyais que ça n'existait plus, ces horreurs !

Mon père esquisse un sourire léger.

– T'appelles ça « ne rien faire comme tout le monde » ? Moi j'appelle ça la vie, mon fils ! répond-il avec un air entier.

La balade du chien dans les vignes autour de chez mon père nous conduit sur des chemins pierreux. Les mots comme nos pas sont hésitants. On trébuche. Gontran s'excite avec Léo, les deux courent l'un après l'autre. Je vois le sourire de mon fils, radieux, loin de son écran, complice avec ce chien qu'il a adopté. À moins que ce ne soit l'inverse.

– Quand j'étais petit, je détestais tout ça, dis-je. Que tu roules vite, que tu me déposes en freinant devant le portail de l'école, que tu parles fort.

– Vraiment ? gronde-t-il, arrêtant net Gontran dans son élan, tête levée, dressé sur ses pattes arrière, répondant à la voix de son maître.

Mon père paraît surpris de mes remarques.

– T'as toujours l'air en colère. T'es jamais heureux.

– Parce qu'il faut l'être ? demande-t-il.

– On peut parfois s'accorder un peu de plaisirs.

– Je m'en accorde. Ne t'inquiète pas pour moi.

– Quand ?

– Quand je bricole. Par exemple. C'est ma passion. Ça me vide la tête. Je ne pense à rien d'autre. À rien d'autre que fabriquer, transformer, faire revivre un objet. Parfois c'est loupé. Parfois c'est moche. Et puis quelquefois ça marche. Toi, tu prends tes photos, tu les bidouilles : tu fais des trucs que t'aimes, non ?

Je hoche la tête.

– Eh bien, moi c'est pareil.

Gontran a entraîné Léo entre les pieds de vignes pour un cache-cache improvisé. On les suit pour couper à travers champs.

– J'essaie de faire de la marche aussi. Ça me détend. C'est Victoire qui m'a initié. Avec le chien. Ça me sort un peu. Sinon je resterais toujours enfermé.

Je jette un œil à ses Crocs.

– Oui, bon, d'accord, en baskets. Là, je n'avais juste pas envie de me changer.

Il s'arrête, me laisse avancer et je me retourne vers lui.

– Ça me fait plaisir que tu sois là, confesse-t-il, le menton en avant, d'une voix calme, presque sereine, attrapant une feuille au passage sur un pied de vigne. Je n'ose pas t'appeler à Paris. Je ne veux pas déranger. Je sais que t'as toujours plein de trucs à faire.

Du bout des doigts, il malaxe la feuille. Je me rends compte que mon père n'a jamais trouvé sa place finalement. Toujours en décalage. La mort de ma mère l'a brisé. Une fois de plus. Il a un genou à terre. Je sens qu'il a besoin d'aide. De mon aide. Pour se relever.

– Je suis là, papa.

– Ça aussi, ça fait plaisir de te l'entendre dire. J'ai souvent cru que tu ne voulais pas de moi. Que t'avais honte de moi. Cela vient de moi, ou de toi, je ne sais pas…

– Maman était très présente aussi.

– Trop.

Le mot est simple. Direct. Presque assassin.

– Je n'avais pas ma place auprès de toi. Tu vois les gosses dans les bacs à sable. Y en a un qui arrive et les autres lui interdisent de jouer avec eux. Bah, j'ai toujours eu la sensation d'être le gamin qui regarde, sans pouvoir jouer avec vous. Faut dire qu'avec ta mère, vous formiez un sacré duo. Tout le monde vous aimait. Vous sembliez indestructibles. J'aurais bien aimé faire partie de votre famille.

– Mais t'es mon père !

– Sur le papier. En réalité, y en avait que pour toi. Je ne suis qu'un géniteur. Je n'étais rien d'autre pour elle.

– Vous aviez quand même une vie tous les deux ?

– Si on peut appeler ça une vie, assène mon père.

– T'es en train de me dire que tu n'étais pas heureux ?

– Je ne peux pas dire ça. Vivre à côté de ta mère me donnait tant de joie. Mais ce n'était pas réciproque.

– Pourquoi tu dis ça ?

– Pour les mêmes raisons que toi. Mes cris. Mes emportements. Mes excès. Ce qui nous a rapprochés, c'est toi.

Les vignes, la terre, les rangées bien alignées : la vue de cet ordonnancement m'aide à ne pas perdre pied. Nous arrivons de l'autre côté, sur la colline d'en face. Le sol est davantage travaillé. Un arbre trône en majesté au milieu des champs. Un arbre sans fleurs mais rempli de feuilles. Un vieil olivier. Un tronc chenu. On ne voit que lui. Nous nous en approchons. Je caresse ses branches fines et sèches, râpeuses. Mon père fait de même. Plus par réflexe que par envie. Pour se donner une contenance.

– Ta mère ne t'a jamais rien dit sur nous ?

Qu'aurait-elle pu me dire ? Je ne lui parlais pas de mon père mais toujours de moi, de Claire, de Léo. Jamais de mon père. Je me rends compte qu'il n'était pas dans mon univers jusqu'à ce que ma mère décède. Ma mère et moi étions bien ces deux gosses du bac à sable sans jamais accepter quiconque.

– Non, elle ne m'a rien dit, dis-je, sans aucune animosité. Mais pourquoi restiez-vous ensemble si vous aviez si peu d'atomes crochus ?

Je m'assois, essoufflé, près de l'arbre. Je n'arrive plus à tenir debout. Mon père me rejoint.

– Pour toi. Ta mère voulait un géniteur, pas un mari. Coûte que coûte. J'étais le père de son fils. Un tuteur, un arbre sur lequel tu pouvais te reposer en cas de besoin. Point. Regarde, ça marche.

– L'arbre penche pas mal, je fais le constat.

– Oui, mais il n'est pas encore à terre.

– Et toi ? T'as jamais eu envie d'aller voir ailleurs ?

Mon père se tait. J'essaie en vain d'interpréter son silence.

– Et maman ?

Mon père reste désespérément muet. Je n'ose plus poser de questions. L'intimité de leur vie de couple me semble comme un dernier rempart à ne pas franchir. Je songe à Claire. Je pense à elle, à nous, à nos envies. Comment vivre avec l'autre dans un déséquilibre amoureux aussi flagrant ? Comment mon père a-t-il fait ? Je le regarde avancer dans son grand tee-shirt, son short noir, ses chaussures informes, et je suis admiratif. Voici l'homme qui aimait sa femme. Comme la plupart des pères, papa n'a pas réussi à être une mère. J'en veux tout à coup à ma mère. Pourquoi lui avoir infligé ça ? Le monde semble s'abattre sur mes épaules. Je suis figé dans le sol, incapable de bouger. Je ne vois plus Gontran, seule la casquette de Léo dépasse entre deux rangées d'oliviers. J'entends aussi les jappements et le bruit des oiseaux, léger et insouciant.

– Sa maladie, c'est ce qui m'a sauvé.

Je me tourne vers lui. Face à face, nos visages sont à nu. Sans plus aucun filtre entre nous.

– C'est terrible, ce que tu dis.

– Mais c'est vrai, Gontran. À partir de cet instant, j'ai pu lui prouver à quel point je l'aimais. Et je l'aimais terriblement. Éperdument, Gontran.

J'ai les larmes aux yeux. Mon père aussi. Je prends une grande inspiration.

– Je le sais, papa. Je le sais.

Le silence nous apaise. La vue nous berce.

– Si tu devais me lister vos moments de bonheur, à tous les deux, ce serait lesquels ? je demande pour alléger l'instant.

– Notre mariage. C'était rock'n'roll. À l'image de notre vie. On voulait acheter la petite maison où nous avions atterri en Normandie. On devait faire un prêt. Fallait être mariés. Ta mère m'a appelé dans l'après-midi pour me dire : « Rendez-vous ce soir à la mairie, à 16 heures, on se marie. » J'ai rien trouvé à dire. C'était comme ça. J'en mourais d'envie. Et en fin de journée, nous nous sommes retrouvés sur le parvis de la mairie. Sans témoins. Ta mère a pris la secrétaire, et moi l'agent d'état civil, qui n'avait plus qu'un moignon à la place de la main. J'ai découvert ça au moment de lui serrer la pince. Un truc en fer ! On a ri !

Mon père se détend, reprend sa voix grave, tonitruante. Je connaissais l'histoire, pas les circonstances. À son souvenir, mon père s'esclaffe franchement.

– Le soir, on est allés au cinéma. On a vu *Le pull-over rouge*. Tu connais ce film ?

– Non.

– C'est l'histoire de Ranucci. Un des derniers guillotinés en France.

– C'est gai pour un soir de mariage.

– C'est le seul film qui passait dans le village. Rock'n'roll, je te dis.

– Ah oui… là… rock'n'roll, comme tu dis.

– Mais ne me plains pas, hein, j'ai adoré ce moment ! J'étais enfin reconnu devant la loi comme le mari de ta mère. Mais la loi… elle se contourne facilement.

Je sens dans chaque parole de mon père comme une amertume. Comme si chaque bonheur exprimé ne pouvait s'accompagner que d'un revers. La vie de mon père n'est jamais noire ou blanche, sa vie est noire ET blanche.

– Un autre moment ?

Je cherche à évacuer au plus vite cette drôle de sensation qui l'habite, et qui semble même être un principe de vie.

– Ta naissance, bien sûr. Je suis arrivé à la bourre. T'étais déjà né. J'ai pas pu couper le cordon, mais je me suis rattrapé par la suite. T'étais beau, mon fils.

– Merci pour le passé ! Je suis TOUJOURS beau !

– T'es toujours beau, mon fils, t'es toujours beau, se reprend-il avec des trémolos.

Mon père hésite. Renifle un coup. Je l'attrape par l'épaule.

– J'ai plein d'autres moments de bonheur avec ta mère. Un autre jour, t'étais encore tout petit, ta mère avait trouvé un job, elle vendait des maisons. Elle était en séminaire au Touquet. Et un matin, elle m'appelle d'une cabine téléphonique. Je sens à sa voix que ça ne va pas. Elle me dit : «J'en peux plus de ces cons. Faut que tu m'aides. J'en peux plus.» J'ai pas trop réfléchi. Je t'ai emmitouflé. C'était en plein hiver. Je t'ai calé dans le siège auto. Et j'ai roulé. J'étais Zorro qui allait sauver sa belle. J'ai trouvé l'hôtel où se tenait le séminaire, j'ai débarqué en plein milieu de la réunion, toi dans mes bras, et j'ai crié : «C'est une urgence ! Notre bébé est très malade ! Il faut vite que nous allions à l'hôpital !» Tout le monde s'est retourné vers moi, j'ai dit à ta mère de mettre son manteau et on s'est barré. Ta mère a bien joué la surprise. Et on a passé le week-end au bord de l'eau, tous les trois. C'est là que t'as fait tes premiers pas. Au Touquet. Ta mère a pleuré de joie. Moi aussi. On t'a regardé t'éloigner de nous, un pas, puis deux… Au début, on aurait dit que t'étais bourré. Mais t'étais tellement heureux. Je t'avais mis tes bottes et une salopette.

– C'est la photo sur le frigo ?

– Oui, c'est celle-là. J'ai adoré ce week-end improvisé. Souvent, les meilleurs moments de ta vie n'ont pas besoin d'être planifiés longtemps à l'avance.

Pourquoi tout prévoir ? Avec ta mère, c'était du sport, mais au moins, on s'amusait. Pas deux journées ne se ressemblaient.

Je ramasse un peu de terre que j'effrite entre mes doigts. Je me vois en train de tout programmer avec Claire, les week-ends, les soirées, les dîners, les sorties. À quoi bon ? Je me sens bête et envieux de tous ces moments heureux dans la vie de mes parents.

– Au début, après la mort de ta mère, je n'ai pensé qu'à ses derniers jours. Aux énièmes rendez-vous avec le chirurgien, les oncologues, les infirmières. C'est pour ça que j'ai eu besoin de tout couper. De partir ailleurs. Et le temps m'a aidé. J'ai oublié toutes ces contraintes. Tous ces allers-retours à l'hôpital. Maintenant, quand je pense à ta mère, je ne retiens que ces moments drôles, intenses, si précieux. Et j'ai compris que les jours heureux ne s'oublient pas, Gontran. On peut dire tout ce qu'on veut, tout ça reste là, en nous, au fond de nous. Tu vivras d'autres moments forts avec Claire. Je te le souhaite. Je ne sais pas à quoi ressemble votre vie. Je ne veux pas savoir. Mais il faut que tu le saches.

Gontran vient lécher le visage de mon père.

Léo le suit de près. Ils nous observent en silence. Solennels, tous les deux. Puis s'échappent à nouveau.

– On ne sait pas pourquoi on aime les gens, Gontran. Quand ils sont là, on agit, on fait, on vit. Ce n'est qu'après leur départ qu'on sait. Moi, j'ai compris pourquoi j'aimais ta mère depuis sa mort. J'ai compris. J'ai compris que j'avais un rôle auprès d'elle. Et que j'étais programmé pour vivre avec elle le plus beau rôle de ma vie.

29

Léo et Gontran continuent de sauter à travers champs. Mon fils s'en donne à cœur joie. Mon père allume une énième cigarette, m'en tend une, que j'allume à mon tour.

– Le jour où nous sommes allés chez le médecin, parce qu'elle toussait depuis trois semaines, qu'elle avait des nausées, qu'il a demandé à lui faire faire des examens et que nous nous sommes retrouvés dans ce petit cagibi merdique, devant un type avec une blouse blanche, j'ai compris que j'allais enfin pouvoir être utile à ta mère. Et que mon rôle, il était là, à ses côtés dans cette épreuve. C'est ce qu'on dit le jour du mariage, non ? Pour le meilleur et pour le pire. Ce n'est pas une alternative. Je l'ai découvert. L'un ne va pas sans l'autre. Tout au long de l'existence.

La nuit commence à tomber, et j'ai froid malgré les températures encore élevées. Je comprends que je ne peux pas interrompre mon père. Même Gontran et Léo se sont écartés, je ne les vois plus du tout. Je les entends encore moins.

– Le médecin nous a annoncé le protocole. Les nombreux examens. L'opération à venir. La première réaction de ta mère a été : « Ne dis rien à Gontran ! Je ne veux pas l'inquiéter. » J'ai respecté tous ses souhaits. Je ne t'ai jamais raconté ces nuits d'horreur à la regarder souffrir, pleurer, à serrer les dents, sans jamais vouloir te dire quoi que ce soit. Ou tout du moins chercher à te rassurer. À faire comme si. « On fait comme si. » C'est devenu la phrase préférée de ta mère. Ne rien montrer. Rester digne. Ne pas se plaindre. Jamais. Aucune compassion. Jusqu'au bout on peut dire que ta mère aura respecté les consignes qu'elle s'était elle-même imposées.

– Toi aussi, je l'interromps.

– Moi aussi. Tu as raison. Par amour pour ta mère. Par amour pour toi. Je n'aurais jamais voulu que tu en souffres, moi non plus. Cette maladie, Gontran, nous a rapprochés avec ta mère. Je le crois sincèrement. J'ai tout pris en charge. Elle ne pouvait plus rien gérer. Je suis devenu son assistant personnel, comme elle s'amusait à le dire. J'ai tout noté dans des grands cahiers, les rendez-vous, les comptes rendus, les doses, j'ai lu tous les trucs sur Internet pour comprendre, je faisais les plannings de ses examens. Et j'ai compris. J'ai compris à travers tous ces tableaux que j'allais perdre la femme de ma vie. Alors je me suis oublié moi aussi. J'ai jeté toutes mes cartes, comme on dit. J'ai tout donné. Je voulais le meilleur pour elle. Tu comprends ça ?

À mon tour de garder le silence. Ses mots sont courageux. Il ose enfin crever l'abcès de ces années de maladie où il s'est tu. Il s'est effacé un peu plus encore mais il était auprès d'elle. Elle se cachait derrière sa maladie pour lui déléguer ce nouveau rôle. Je comprends les mots de mon père. La maladie lui a donné aux yeux de ma mère un crédit qu'il n'avait peut-être jamais eu. Celui du mari modèle. Et pourtant, tous les deux ne semblaient pas avoir coché toutes les cases du contrat-type. La perte délie les langues, lève le voile sur ce qu'on essayait peut-être de cacher. J'essaie d'imaginer le couple que je forme avec Claire. J'ai le sentiment d'être à mille lieues du modèle de mes parents. Nous nous sommes choisis, non pas par dépit, mais par envie. Je suis le fruit d'un amour bancal, j'ai longtemps cherché cette stabilité. L'ai-je trouvée ? La trouve-t-on seulement ?

– J'ai toujours souffert d'un manque de tendresse, poursuit mon père, en attrapant un bâton pour s'aider à se relever. Toujours. J'en souffre encore. J'ai envie d'être désiré. Je meurs d'envie d'être désiré, Gontran ! Un peu de désir, sinon je meurs, bordel !

Les mots de mon père tremblent dans la chaleur de cette journée espagnole.

– Je n'ai jamais vécu qu'avec des femmes fortes qui se suffisaient à elles-mêmes, reprend-il. Ma mère qui souffrait d'avoir perdu ses enfants. Cette femme, Kathy, qui ne comprenait pas bien pourquoi je l'épousais. Et ta mère, qui rêvait d'un enfant toute seule. J'ai souffert de ne jamais être vraiment aimé, désiré. Je ne sais pas si on reproduit à l'infini les mêmes conneries dans nos vies…

– Et Victoire ? Elle te désire ?

– Oui, peut-être. Je crois. Mais à force d'attendre ce désir inespéré, je ne suis plus sûr de tant le souhaiter… Je me suis toujours caché derrière ces femmes. Je me suis endurci. Je me suis replié sur moi-même. Et la maladie m'a donné le beau rôle. Je devais être le fameux arbre qui supporte. L'épaule qui réconforte. Un jour, avant un rendez-vous chez le médecin, quelques semaines avant le décès de ta mère, nous nous sommes rendus tous les deux, main dans la main, jusqu'à l'hôpital. Ta mère avait pris une canne, un peu comme ce bâton.

Mon père brandit son bâton de marche.

– Elle est arrivée épuisée dans la salle d'attente. Mais elle ne voulait pas paraître faible. Alors sur le seuil de la porte, tu sais ce qu'elle a fait ? Elle a replié la canne, s'est redressée ; et droite, elle est entrée seule, sans que je la tienne, pour montrer qu'elle n'avait besoin de personne. T'imagines ça ? Ta mère était vaillante, Gontran. Forte. Dure. Plus dure que tu ne crois. Mais je retiens ce moment dans ma tête. Dans mon cœur…

La voix de mon père s'éraille.

– Juste avant d'entrer dans le bureau, dans la salle d'attente, ta mère ce jour-là a posé sa tête sur mon épaule. J'ai hésité un instant, surpris par son geste. C'était tellement rare ce genre de marque d'affection de sa part. Pourtant, je n'ai écouté que mon cœur et je l'ai enlacée. Je savais que c'était le geste à faire. C'était notre dernier câlin, notre dernière accolade. Je ne savais pas comment elle réagirait. Elle était si faible. Elle s'est laissé faire. J'ai senti sa tête, son bonnet sous lequel elle cachait ses derniers cheveux, et j'ai embrassé le sommet de son crâne. J'ai compris alors qu'elle jetait ses dernières forces dans cette bataille qu'elle n'arrivait pas à gagner.

– J'aurais aimé être là.

– Tu y étais, sans le savoir. Ta mère disait toujours : « Tu ne dis rien à Gontran. » Toujours. C'était toi son seul moteur, son seul désir de vivre. Elle se battait pour toi, Gontran. Et pour Léo aussi, qu'elle adorait. Tu étais sa force. Et ma faiblesse.

30

J'ai laissé mon père rejoindre Léo et le chien. Je les regarde s'éloigner tous les trois, mon père enlaçant son petit-fils dans la pente, le chien gambadant autour d'eux, tout à la fête. Je reste près de l'olivier, seul, fier, digne. Droit. Il est beau, cet arbre. J'ai envie de l'enlacer, lui aussi. De lui demander depuis combien de temps il domine sa colline. J'imagine ses ramifications sous terre. Comment fait-il pour rester aussi stoïque face à toutes ces révolutions ? À toutes ces histoires qu'il contemple ? Je retourne m'asseoir sous ses branches, pleines d'olives en puissance. J'aime sentir la protection muette de sa présence. Les derniers rayons de soleil se sont échappés au loin. Je vois maintenant mon père, Léo et le chien avancer vers la maison, qu'on devine derrière les murs et les haies.

Je veux rester seul à digérer tous ces mots, ces souvenirs.

J'encaisse. Je digère. J'emmagasine. Comme un arbre. Je me nourris de toutes ces histoires. Sûr que ces mots me nourrissent autant qu'ils me détruisent. Je ramasse quelques poignées de terre. Des fourmis, des insectes encore plus petits dont je ne connais pas le nom, me courent sur les mains, paumes ouvertes. Que suis-je au milieu de toute cette terre ? Que représentent nos récits, nos propres ramifications ? Rien. Tout. Je me relève et caresse cet arbre salvateur.

Je rentre tranquillement, je retrouve les rangées de vignes rassurantes.

Je cueille une grappe de raisins au passage et gobe chacun d'entre eux, un par un, en laissant éclater leur chair gorgée de sucre au fond de ma gorge. Une sensation douce, âpre, tendre. Découvrir à presque quarante ans la vie de ses parents n'a pourtant rien de réconfortant. Doit-on seulement la découvrir ? Je cherche dans les derniers rayons rougeoyants une assurance supplémentaire. Peut-être d'autres réponses. Je prends le paysage en photo. Pourtant je me sens seul, vide, riche de cette histoire où je me perds. Mon père dit-il vrai ? Pourquoi mentirait-il, après tout ? Je cherche à avancer seul moi aussi et tente de me raccrocher à toutes les branches offertes.

Je ne doutais pas de l'amour de ma mère à mon égard. Un amour enveloppant, sincère, aveuglant. Je ne voyais pas qu'il occupait tout l'espace de son amour. Que mon père en souffrait en silence. C'est un homme triste que je découvre aujourd'hui. N'est-il pas passé à côté de sa vie ? A-t-il vraiment vécu la vie qu'il méritait de vivre ? Un fils ne peut pas poser ce genre de questions. Je reste en arrêt devant le ballet d'un oiseau, une mésange certainement, qui nourrit sa nichée en effectuant des allers-retours rapides et réguliers entre les oliviers et la piscine de mon père au loin. Sa constance m'éblouit. Elle s'agite avec précision. Rien ne l'arrête. C'est la réincarnation de ma mère. Mais l'oiseau grandit, la mère disparaît et le père reste à quai. Un drôle de cycle. Les grains de raisins m'ont ouvert l'appétit. J'ai soif. J'ai faim. J'ai envie de manger, avec mon fils, avec mon père. J'accélère le pas, je laisse la mésange à ses va-et-vient gourmands. Avant d'entrer dans la maison, j'aperçois par la fenêtre mon père déjà derrière les fourneaux en train de montrer des gestes à mon fils pour découper une pomme de terre sans se couper. Léo observe avec intérêt. Un regard curieux, neuf, loin d'être l'œil un peu blasé que je lui connais habituellement. À Paris, il aurait nécessairement posé ses fesses devant la télé, son ordinateur ou sa Switch en rentrant ; mais à travers la fenêtre, c'est un jeune adolescent curieux d'apprendre à cuisiner que je découvre. Idem pour mon père, fier de transmettre un savoir si simple, si futile soit-il, à son petit-fils. Le visage de mon père est concentré sur sa tâche. Mon père ! Cuisiner ! Je me dis que tout arrive… Il s'applique. Il montre les bonnes manières. Mais pourquoi ne le fait-il pas en temps normal pour lui ? Pour Victoire ? Je prends le temps de les observer. Ils semblent plus complices que jamais. Mon fils blague, mon père le gronde gentiment. Parfois les rôles s'inversent. Mon père rigole. À les voir aussi absorbés, j'ai presque l'impression de voir deux chercheurs en passe de faire la découverte du siècle.

– Ah bah, tu tombes bien ! m'interpelle mon père. On est justement en train de préparer une tortilla. Je vais avoir besoin de toi pour la retourner dans le plat. Léo dit que t'es un champion pour retourner crêpes et omelettes. Montre-nous donc ce que tu sais faire.

– Tu sors pas une de tes barquettes de riz préférées ?

Mon père fait une moue de dédain.

Mon fils saisit la perfidie.

– J'adore le riz, moi aussi, fait Léo, ravi.

– Évite celui-là, je réponds aussi vite.

Mon père ne se démonte pas. Il se préoccupe de sa poêle qui commence à fumer.

– Bon, tu viens, oui ou non, nous donner un coup de main ? Elle va être grillée et ce sera immangeable, râle-t-il. Ton père, fait-il à mon fils, il parle, il parle, mais quand il s'agit d'aider, y a plus personne… Tu l'aurais vu l'autre jour… J'essayais de changer une durite… Eh ben, il n'a pas été foutu de savoir à quoi ça ressemblait !

Les deux se moquent ouvertement de moi. Je laisse faire, pas mécontent de cette connivence. Gontran comprend cette nouvelle relation, se sent exclu et vient se frotter à moi. Je ne cache pas que j'aime maintenant beaucoup ce chien. Je me surprends à le caresser. À le prendre dans mes bras. À lui parler.

– Attends, j'ai une urgence, dis-je à Gontran, qui me lance un regard menaçant.

– Tu parles à mon chien, toi maintenant ?

– J'ai pas le droit ?

– Si, si, c'est juste que…

Mon père me regarde prendre l'assiette, la coller à la poêle, bord à bord et faire valser les deux d'un seul geste. L'odeur de la pomme de terre grillée embaume toute la pièce. Même Gontran se redresse. Je meurs de faim. Mon père sort une bouteille de vin de la Rioja.

– T'as déjà bu du vin rouge ? demande-t-il à son petit-fils.

Léo s'offusque, me jette un œil.

– Il a quinze ans, papa…

– J'ai mangé des framboises au vin rouge, ou plutôt bu du vin aux framboises, j'avais six ans… Faut bien commencer un jour. Un vin d'ici. Tu vas goûter.

Mon père s'active un peu plus désormais, met la table, sort des verres de placards que je ne l'ai jamais vu ouvrir. Comme s'il était heureux de recevoir, de faire un effort pour son petit-fils, certainement plus sensible que moi. À voir. Je reconnais les assiettes, ébréchées pour la plupart, avec des motifs fleuris. Des assiettes dans lesquelles nous mangions déjà ensemble en Normandie, qu'on ne sortait que pour les fêtes, anniversaires, soirées de Noël ou jours de l'An. Mon père débouche maintenant la bouteille, renifle le bouchon et verse quelques gouttes. Je ne lui connais pas une sensibilité particulière pour le vin, d'où ma surprise à le regarder manipuler, faire rouler dans son verre le liquide rouge sang, le humer et l'oxygéner entre ses lèvres.

– Il est parfait. C'est le même vin que j'ai goûté ma première fois, précise mon père, ici, en Espagne, chez ma tante. C'était un vin espagnol ! De la Rioja ! Ça me plaît que tu aies les mêmes sensations en bouche que moi, Léo. Prêt ?

Mon père sert deux verres généreux et quelques rasades dans un troisième qu'il avance vers Léo.

– Tiens, goûte-moi ça ! C'est pas avec ça que tu seras ivre. Mais au moins, t'auras goûté !

Gontran s'impatiente, il a vu la tortilla. Léo boit son verre. Cul sec. Il ne fait pas de grimace comme je l'ai fait la première fois. On s'esclaffe, je m'affole mollement de son geste. Pourtant, Léo semble apprécier. Je rappelle que Claire adore le vin rouge, surtout les vins de Bourgogne et de la vallée du Rhône. Il a hérité ça de sa mère, je tiens à préciser. Ça me manque de ne pas trinquer avec elle. Elle me manque ce soir. Léo se met à rire bêtement.

– La première fois que ton père a bu du vin, raconte mon père à Léo, il a tout recraché. J'avais honte. Là, je dois dire, Léo, que je suis fier de toi.

C'était chez ma grand-mère paternelle, la matrone, le sosie de Folcoche. Nous étions en plein été, il faisait chaud. J'avais trempé mes lèvres dans ce liquide chaud, râpeux, amer. J'avais détesté.

– Tant qu'il ne boit pas autant de bières que toi…, je fais, un brin moqueur.

– T'inquiète, ça viendra bien. Plus vite que tu ne crois, ricane mon père. Bon, c'est pas tout ça, mais la tortilla, froide, c'est immangeable. Faut vite passer à table.

Je m'assois, encore sonné, moins par le goût du vin que par les mots de mon père. Un air de renouveau flotte dans l'atmosphère.

31

J'ai mal dormi.

J'ai pensé à tous les mots de mon père.

J'ai rêvé de Léo complètement ivre que je devais récupérer dans un appartement inconnu, en plein milieu de la nuit.

Je ne sais pas quelle heure il est. Mais je sens que le soleil est déjà haut à travers les volets. Je me lève et me laisse éblouir, je ferme les yeux, et je sens les rayons inonder la pièce. J'entrouvre difficilement les yeux et, sous mes paupières à demi closes, je devine de l'autre côté de la colline la présence rassurante de l'arbre qui me toise. Qui embellit mon horizon.

Je n'entends aucun bruit dans la maison. Rien. Pas une télévision. Pas une radio. Pas même le son du jukebox rapporté in extremis de Normandie que mon père s'amuse à faire jouer pour un oui ou pour un non. Rien. Je me décide à descendre de mon donjon. Je fais couler un café, j'attrape une briochette aux pépites de chocolat, dont mon père abuse là aussi. Je trempe la viennoiserie dans le café et je me retrouve le temps d'une bouchée un mercredi matin de mon enfance, seul à la maison, devant le *Club Dorothée* et sa flopée d'invités tous aussi colorés les uns que les autres. Les souvenirs ne sont pas enchâssés dans des livres précieux. Heureusement, d'ailleurs. Ils remontent comme ils veulent, quand ils veulent, à la surface, jamais au moment choisi. Rarement au bon. Je me sens transporté dans le canapé de mon enfance, où je mange ces briochettes en attendant toutes les idoles de ma jeunesse, dans un pyjama Batman.

Je sors de la maison-bunker de mon père et retrouve le soleil éclatant. Devant la piscine, le ballet des mésanges continue. La soif n'a pas de limites. Mon père a presque vidé la piscine. Je crois même qu'il a commencé à la nettoyer. Le sol est à moitié vert. Deux balais sont posés au bord. Avec Léo, peut-être ? Il a ressorti les transats désormais bien alignés. Les bouées sont toujours bien rangées, mais n'attendent plus qu'un top départ pour reprendre du service. L'arrivée de Léo, peut-être la mienne aussi, semble avoir redonné un peu à mon père l'espoir de reprendre sa vie en main. Je comprends que le décès de ma mère l'arrête. Il n'a pas le sentiment d'être responsable de sa mort, mais il n'arrive pas à retrouver une vie normale. Parce que rien n'est comme avant. Comment vivre avec le manque de celle qu'on adorait et adulait ? Comment ? Mon père ne parvient pas à faire son deuil et s'enfonce dans ses souvenirs. Il s'interdit d'être heureux. Ne veut pas avancer, au risque d'oublier, au risque de déshonorer la femme qu'il aime, celle qu'il aimait.

J'entends des notes de piano.

Tout autour de moi, seuls des vignes, des oliviers et des orangers. Aucune maison d'où peuvent provenir ces notes. Je m'avance vers le hangar au fond de la propriété de mon père. Le son se fait de plus en plus net. Dans ce grand hangar, mon père entrepose les cartons qu'il n'a pas encore vidés de son déménagement. Je m'approche, pousse la porte et découvre Léo au clavier de mon ancien piano droit. Je ne comprends plus rien. Au moment du déménagement, mon père m'a fait savoir sans ménagement qu'il avait vendu ce piano. Mon piano. J'ai écrasé une larme quand il m'a annoncé la nouvelle un soir au téléphone, comme on parle du chien du voisin. Je suis loin d'être un grand pianiste, mais j'ai passé tellement de temps à déchiffrer des partitions, à imaginer des compositions, à oublier l'ennui des mercredis après-midi et des dimanches soir sur les touches de ce clavier, que j'ai cru qu'il m'avait annoncé ce jour-là la perte d'un ami. J'aimais ce piano. J'aimais ces heures à entendre des sons créés par d'autres. À recoller des imaginaires entre eux. À jouer Bach, Chopin, Mozart tant bien que mal, au prix de nombreuses heures laborieuses mais heureuses. Voir mon fils devant ce Steinway droit, mon Steinway, assis dans un hangar au milieu de cartons étouffant le son, me glace et m'émeut. Plus que la surprise, c'est la joie de retrouver un ami que je croyais disparu à jamais qui m'étreint.

– Mais… c'est… mon piano !

J'arrive à peine à déglutir. Je cherche mes mots.

Et Léo qui exécute des morceaux, une valse de Chopin, un nocturne de Mozart, sans que j'aie jamais soupçonné un instant qu'il sache jouer ces pièces au piano.

– Mais… où as-tu appris à jouer comme ça ?

– À l'école. Y a un piano à côté du CDI. Et notre prof de musique donne des cours à la pause-déjeuner. J'ai commencé l'année dernière.

– Pourquoi tu ne m'as rien dit ?

– Bah… je sais pas. J'y ai pas pensé.

La faculté des enfants à passer des pans entiers de leur existence sous silence me sidère.

Je me mords les joues.

– C'est magnifique ! Tu joues super bien !

Je frissonne un peu plus encore.

Mon père ne semble pas plus impressionné que cela, la tête dans ses cartons.

– Regarde ! J'ai retrouvé tes cahiers d'école. Y a même tes bulletins ! Je savais bien que c'était là. « Élève appliqué et rigoureux. Manque un peu de fantaisie. » Ah, tu vois, je te l'ai toujours dit que t'étais trop sérieux !

« Sport : peut mieux faire. » Oui, ça, t'as jamais été très doué en sport...

Mon père me tend une pochette cartonnée avec tous mes bulletins. Léo sourit et hoche la tête, absorbé par ses mains dénouant des combinaisons de notes. Je sens que mon père et Léo se sont ligués contre moi.

– Vous avez décidé de me faire ma fête ou quoi ? Faut juste que tu m'expliques ce que fiche mon piano ici, dans un hangar au fin fond de l'Espagne ! Je croyais que tu voulais le vendre...

– J'ai pas réussi. Je me suis rappelé tous ces dimanches soir où tu nous jouais les morceaux que tu avais appris dans la semaine. Ta mère s'asseyait à côté de moi. Elle me donnait des coups de coude quand je commençais à souffler. La musique classique et moi, ça fait deux, tu le sais bien. Mais j'aimais bien, en fait. J'ai pas réussi à le vendre. J'ai essayé, mais j'ai pas pu. Le jour où une dame est venue, avec son fils – il te ressemblait comme deux gouttes d'eau –, j'ai dit : « Non, finalement, il n'est plus à vendre. » Et pourtant, t'imagines même pas combien ça m'a coûté de le faire descendre jusqu'ici. La boîte sur mesure, le transport... Plus cher que le piano en lui-même.

Mon père se tourne vers Léo.

– Tu joues sur un instrument unique ! C'est le piano de ton père ! Un instrument hors de prix ! se moque-t-il.

À mon tour de lui donner un coup de coude.

– Décidément, c'est de famille, rétorque-t-il, le souffle coupé, simulant une douleur comme il sait si bien le faire.

Je reste à la fois surpris de voir cet instrument dans ce lieu sombre, perdu dans un hangar en Espagne, et heureux d'entendre mon fils posséder les notes et les nuances avec une telle aisance.

– Pourquoi ne m'avoir rien dit ? je demande à nouveau, comme à moi-même, un peu éberlué.

Mon fils se retourne vers moi, puis mon père, et tous les deux répondent en chœur : « Parce que », avant d'enchaîner sur un éclat de rire collectif. Je rigole à mon tour.

– Et ça te… plaît ? je bredouille.

– Ouais. Pas mal. J'ai bien aimé.

J'arrive toujours pas à réaliser qu'il ne m'ait rien dit.

– Ta mère le sait ?

Il fait non de la tête.

– Mais quand même… du piano… tu sais que j'en ai fait ?

– Oui, c'est peut-être pour ça. Je voulais garder ça pour moi. Je voulais pas que tu m'en parles tout le temps.

Mon père, derrière Léo, fait des yeux ronds d'exagération.

– En même temps, il n'a pas tort, commente-t-il. Qu'est-ce que tu crois ? Qu'on attend après toi pour vivre ?

Renvoyé dans mes cordes. Sonné, j'écoute en silence.

– Te connaissant, t'en aurais fait des caisses pour qu'il joue plus, poursuit mon père. Pour qu'il s'entraîne encore et encore, pour finalement le dégoûter. Et tu vois, il s'en sort très bien cet enfant, sans que tu lui demandes quoi que ce soit. Tu n'es pas Superman, Gontran. On n'a pas toujours besoin de toi. Tu veux toujours sauver le monde de tes idées, de ta personne… Mais tu sais, on peut très bien s'en sortir seul, fanfaronne-t-il. Moi, je ne t'ai rien dit, parce que je ne pensais pas que c'était aussi important pour toi. J'ai déménagé ton piano. Basta.

Je n'ose pas répondre, mouché, touché, et meurtri. Suis-je si prévisible ? Suis-je si pénible surtout ? Pourquoi vouloir tout le temps le meilleur autour de moi ? On n'y arrive pas. Je n'y arrive jamais. Par touches sensibles peut-être. Mon fils et mon père dressent un portrait ravageur de ma petite personne. Je me sens triste de donner une telle image de moi-même. J'ai envie d'aimer. Il faut savoir beaucoup aimer les gens. Beaucoup. J'ai l'impression pourtant de mal faire. De m'être trompé.

Léo et mon père repartent déjà à leurs cartons et clavier.

Je reste un peu bête, là, les bras ballants, la pochette de mes bulletins sous le bras, dans ce hangar triste, sombre, envahi de nos vies, de mes vies d'avant. J'étouffe, j'ai besoin d'air.

À peine le dos tourné, Léo entame le *Prélude* de Bach.

Le morceau préféré de ma mère. Celui qu'elle m'a demandé de passer pour sa cérémonie d'adieux.

Je lui jouais, le dimanche, oui, et aussi le lundi, le mardi, le mercredi et tous les jours de la semaine. Pourquoi aimait-elle ce morceau pas si compliqué précisément ? Je ne sais pas. Sa légèreté. Sa douceur. Sa répétition peut-être. Et chaque fois, ma mère versait une larme.

Je n'ai pas eu le courage de jouer pour elle ce dernier jour d'été de canicule. Incapable. J'ai préféré enclencher un CD.

Je m'arrête sur le pas de la porte du hangar.

Je ne sais pas si mon père fait le rapprochement. J'hésite à revenir sur mes pas mais décide de sortir, le cœur en vrac, le *Prélude* de Bach en bandoulière.

32

Je me suis peut-être trompé sur toute la ligne.

Avec mon père, ma femme, mon fils.

Avec ma mère.

Elle m'a donné à croire que j'étais invincible avec tout cet amour qu'elle m'offrait.

J'entends mon fils enchaîner au loin les accords. Je reconnais maintenant un air de Schubert. Ne se laisse-t-on pas aveugler par les êtres que l'on aime ? J'aimerais dire que non. Mais aujourd'hui, seul, livré à moi-même, sans ma mère pour me réconforter, pour m'aider, seul devant la vie, je n'ai plus d'autre choix que d'écouter. D'accepter.

La mort des proches nous met devant le fait accompli, devant notre propre présence au monde.

Nous ne sommes que des êtres bizarres, des êtres humains qui tentons de vivre un peu ensemble. Une pièce du jeu disparaît et nous devons tant bien que mal jouer un autre coup.

Au décès de ma mère, une des infirmières qui l'entourait avait des yeux bleus étincelants, des boucles blondes généreuses. C'est vers elle que je suis allé pour lui annoncer le décès. Elle m'a d'abord attrapé par les bras. M'a regardé droit dans mes yeux rougis. Elle n'a pas fait semblant. Puis elle a souri. Un sourire généreux, sincère, vrai. Je le garde précieusement en tête. Il me revient souvent. Ensuite, elle m'a parlé.

– Vous savez, je dis la même chose à tous mes patients et à ceux qui restent. Je l'ai dit à votre maman. Et je lui ai promis de vous le dire. La vie n'est qu'un bouquet de fleurs. Des roses, des rouges, des vertes, des mauves. On resplendit. Et puis certaines fanent. Plus vite que d'autres. Parfois, c'est le bouquet tout entier. Et impossible de faire deux fois le même bouquet, vous êtes d'accord ? Eh bien, c'est comme la vie. Votre maman était un très beau bouquet. Vous êtes un très beau bouquet. Parfois, il faut rajouter quelques fleurs pour toujours composer le plus beau des bouquets. Alors, voilà. Avec votre maman, vous formiez sans doute le plus beau des bouquets. Ses fleurs ont fané. Vous restez toutefois un très beau bouquet. À vous de faire en sorte qu'il reste aussi coloré que possible.

J'ai serré cette infirmière dans mes bras. Les jours suivants, je ne l'ai plus jamais revue. Je l'ai cherchée en vain. En vacances peut-être. Une illusion sans doute. Pourtant, elle m'a donné le meilleur des conseils.

J'attrape quelques fleurs sauvages dans le jardin de mon père et je sors de la propriété. Je gravis à mon tour la colline face à la maison paternelle. Je cueille encore quelques grains de raisins terriblement sucrés que je laisse éclater et m'assois sous l'arbre, déposant quelques fleurs à ses pieds.

Je repense aux mots de cette infirmière.

Nous sommes plus que des fleurs.

Des arbres.

Des forêts.

Nos branches cohabitent avec celles des autres arbres. Mais sans arbre à ses côtés, comment faire ? Cet arbre seul, là, au milieu des champs, m'interpelle depuis mon arrivée. J'ai l'impression de me voir. Je suis seul, seul au milieu d'un champ. Je n'ai plus personne pour m'aiguiller, pour me donner des coups de branche. L'homme nu, c'est moi.

Chacun essaie de pousser comme il peut.

Je croyais que mon père était perdu.

Mais ne le suis-je pas tout autant ?

Je pensais être fort. Je suis tout aussi faible que lui.

Je pensais maîtriser ma vie. Je ne maîtrise plus rien du tout.

J'ai la sensation d'être dans une centrifugeuse, prêt à décoller pour une planète inconnue, vers ma vie future.

Mais je n'ai pas les manettes. Je ne sais pas comment monter à bord, encore moins dans quelle direction aller. J'ai volé le paquet de cigarettes de mon père dans la cuisine. J'en allume une. Une de plus. Je n'ai plus la surprise des jours anciens. Je me suis habitué. On s'habitue à tout. L'homme est ainsi fait. Il est un bouquet, il est un arbre, on change l'eau des fleurs, on taille ses branches, et on demeure dans le paysage.

J'ouvre la pochette cartonnée que mon père m'a confiée. Dessus, je reconnais l'écriture généreuse de ma mère. Elle rangeait tout consciencieusement. J'en ai des dizaines. « Banque », « Sécu », « Mutuelle ». Sous ses airs fantasques, ma mère aimait l'ordre. Une folie bien rangée. Son monde ne souffrait pas le désordre, encore moins la mort. À quoi bon ?

Sur les bulletins, sa signature.

J'aimerais retourner en arrière. Dans ma centrifugeuse. Retrouver ces années. Je lis les commentaires de mes anciens professeurs qui défilent. En effet, moi aussi j'étais trop sérieux. Je voulais tellement ressembler à ma mère ! Tellement lui plaire. Jusqu'à l'excès... Je manquais et je manque toujours de fantaisie. Avec le départ de ma mère, je fends ma carapace, l'armure est brisée. La vie semble s'immiscer dans mon existence à vitesse grand V, sans savoir l'arrêter.

Au loin, je vois Léo se diriger vers moi avec Gontran. Il marche vite, tête baissée, un grand sourire aux lèvres. En vainqueur. Gontran s'amuse avec lui. Deux compagnons.

– Qu'est-ce que tu fais là ? Tu fumes ?

Mon fils s'intéresse à moi.

– Ça m'arrive.

Les rôles sont inversés à nouveau ou se répètent.

– T'as déjà essayé ? je lui demande.

Il me fait croire que non.

– T'en veux une ?

– Pourquoi pas ?

– Le vin, les cigarettes… tu ne diras rien à ta mère, hein ?

Il met un doigt sur ses lèvres. Je tends le paquet de Peter Stuyvesant de mon père à mon fils.

– C'est le paquet de papy ?

– Oui, je lui ai piqué.

Léo sourit. J'attrape une cigarette pour l'accompagner. Il se saisit de mon briquet. Je ne le sens pas si novice qu'il veut bien me le confesser. Il tire sur sa cigarette deux ou trois bouffées sans tousser.

– T'as des copains qui fument ?

– Plein. Y en a qui prennent des puffs aussi. Ça marche mieux pour les filles.

– Ah bon ?

– Ouais, grave !

– Toi, ça marche avec les filles ?

– Ouais, ça va.

– C'est un petit « ça va », ça.

Je tire sur ma cigarette à mon tour en regardant la maison de mon père au loin. Gontran creuse frénétiquement à quelques pas de nous.

– Si, si, j'te jure. C'est juste que l'année dernière, j'ai eu un chagrin d'amour. Une fille, Emma. Elle est super canon. Elle était en troisième. J'étais encore en quatrième. Je suis sorti avec elle, et puis, quand elle a su que j'étais qu'en quatrième, elle m'a largué. « Trop la honte », qu'elle m'a dit.

– Et t'as fait quoi ?

– J'ai pleuré. J'étais triste de la perdre. J'aurais bien aimé continuer avec elle. Elle embrassait trop bien. Elle était plus grande aussi.

– Pourquoi tu parles d'elle au passé ?

– Bah, elle me regarde même plus maintenant quand je la vois à la sortie de l'école. Dans la cour, aussi. Elle fait semblant de ne pas me connaître.

– Ça te fait souffrir ?

– Au début, oui. Maintenant, c'est passé. Avec le temps, tu y penses moins. C'était l'année dernière !

– Un siècle ! T'as raison. Le temps, ça joue d'après toi ?

– Carrément. Tu penses plus qu'aux bons moments après. Elle avait un stick pour les lèvres qui sentait super bon. Un truc au miel. J'ai gardé le goût…

Mon fils se passe la langue sur les lèvres et me donne une leçon de sagesse. L'être humain est plus riche qu'on ne le croit. Il encaisse. Et puis on vit ensemble côte à côte ; et pourtant, lui aussi vit sa vie sans que je m'en aperçoive.

– T'as peut-être raison, dis-je, en observant au loin mon père aller et venir entre sa maison et son hangar, sur son petit vélo. On dirait Monsieur Hulot. Moi, tu vois, je n'arrive pas à me défaire de l'image de mamie.

– Moi non plus, tu sais. Mais je me dis qu'elle est là. Toujours avec nous. On l'a connue ! On sait qu'elle a existé ! Je trouve que le meilleur cadeau qu'on puisse lui faire, c'est de penser à elle. De temps en temps. Pas tout le temps, hein ? Mais pour se rappeler les bons moments. Je regarde souvent l'album photos qu'elle m'a fait. Quand je la vois, j'ai les yeux mouillés. Et puis je les essuie. Elle n'aimerait pas que je pleure. Quand Emma m'a largué, eh ben tu vois, j'ai pensé à mamie.

Léo tire sur sa cigarette comme un adulte.

Mon fils n'est plus un gosse.

Et là non plus, je n'ai rien vu venir.

Je ne sais pas si ma mère, encore moins Claire, serait heureuse de le voir tirer sur une clope à quinze ans en compagnie de son père… Mais je le regarde épanoui, fier de lui et bien dans ses baskets, et je suis ravi. Je n'ai peut-être pas tout raté. Les enfants nous aident à semer des graines d'existence, des bouquets et des arbres en puissance.

– Pourquoi t'as pensé à elle ?

– Elle m'a dit quand j'étais petit qu'il ne fallait pas s'inquiéter. Elle me tenait fort la main pour traverser. J'avais mal, mais elle me répétait : « C'est pour ton bien. Tu verras plus tard. »

– Elle avait raison. Elle faisait pareil avec moi. Elle m'a broyé les os…

– Ah ouais, toi aussi ? Je suis sûr que j'ai des os malformés à cause d'elle, hein ? sourit-il en levant la paume, les doigts tendus, au niveau de son visage. Mais au moins, on traversait bien où il fallait !

J'aime entendre les confidences de mon fils. Ma mère nous a transmis les mêmes histoires, les mêmes habitudes. À travers nous, j'en ai la preuve, elle continue d'être présente.

– Toi aussi, tu faisais pareil, me lance Léo.

– Les chiens ne font pas des chats. Et toi aussi, plus tard, tu broieras la main de tes enfants. Et tu leur raconteras… mamie… ton père…

– J'ai le temps.

– Détrompe-toi. Ça arrive plus vite qu'on ne le croit. Et après, ça file à une vitesse que tu n'imagines même pas. À la vitesse de l'éclair. Et quand tu t'en rends compte, le temps a filé. T'essaies de grappiller des petits bouts de souvenirs, d'existence. Tu t'accroches à un rien. Un mot, un signe, une évidence.

Je regarde l'écran de mon téléphone. Il est 9 h 37.

– À un rien, tu verras.

Léo et moi écrasons notre cigarette. L'olivier laisse filtrer à travers ses branches les premiers vrais rayons de soleil accablant. Gontran a trouvé une bestiole qu'il poursuit à travers champs. Et moi, j'attrape mon fils par l'épaule et j'embrasse le sommet de son crâne. La mémoire des gestes m'envahit le cœur.

33

J'ai élu domicile au bord de la piscine. Léo et moi avons terminé de nettoyer et gratter avec les deux balais, rincé au jet d'eau et remis le bassin à flot. Les premières chaleurs estivales approchent franchement et sauter à pieds joints dans une eau translucide me ravit. La mésange aussi. Les bouées ont retrouvé une vraie utilité. J'ai choisi un énorme dromadaire et je me plais à dériver. J'ai trouvé un de mes vieux caleçons de bain Vilebrequin dans un placard. Non sans tomber par hasard sur des pantalons, des chemises, des tuniques de ma mère. Je l'ai vite refermé. Ce maillot de bain me va toujours aussi bien. J'ai dû le porter l'année de mes vingt ans. Le temps passe et mon corps résiste. La vie n'est qu'une longue suite de résistances. « Tu te mets plus à poil ? T'es pudique maintenant ? » me demande gentiment mon père, au passage, non sans ironie. Je préfère ne pas répondre et laisse mon dromadaire gonflable me porter. Le bruit du tracteur-tondeuse rythme ma journée. Mon père a montré la marche à suivre à Léo qui, lui, enchaîne les allers-retours avec une certaine rigueur dans le jardin.

Dans la maison, mon père décide aussi de faire un grand nettoyage. Je le vois sortir les cartons et les empiler près du hangar.

– Qu'est-ce que tu fais ?

– J'en profite. Je n'avais pas le temps avant. Là, je vide. C'est décidé. Le moment est venu. Je veux plus vivre dans ce taudis.

La voix de mon père semble déterminée.

– Rappelle-moi. Combien de cartons as-tu fait venir de Normandie ?

– Deux cent cinquante et un. Je veux m'en débarrasser le plus vite possible. Faire place nette. Tu ne veux pas m'aider ? Avec Léo, je pense qu'on peut faire une bonne équipe.

Je me redresse sur mon dromadaire. Je fixe mon père avec la main en visière.

– T'es malade ? T'as attrapé un coup de soleil ? Toi, jeter des trucs ???

– Je jette pas. Je fais mieux. Tu vas voir. C'est bon, je suis décidé. Je suis mûr. Ça m'a fait du bien de te parler. L'essentiel n'est pas dans tous ces objets. C'est pas ça qui compte. C'est pas ça qui va faire revenir ta mère. Je pensais qu'en gardant tous ces souvenirs, cela m'aiderait à avancer. À ne pas oublier. Mais c'est tout l'inverse. Ça m'empêche d'avancer.

– Enfin un peu de sagesse…

Mon père s'approche de la piscine et d'un petit coup de pied renverse mon dromadaire. Et moi avec.

– Petit con. Un peu de respect. Je suis ton père, réplique-t-il. Sèche-toi et viens nous aider, ajoute-t-il en me jetant une serviette.

– Mais on fait quoi de tous ces cartons ? je tente de savoir.

– Tu vas voir. Dépêche-toi. Le vent est faible, il faut en profiter.

Léo lâche son tracteur et attaque d'autres allées et venues, supervisé par son grand-père, les bras déjà chargés de cartons en tous genres. Je me sèche rapidement. Enfile un tee-shirt. Et j'entame ce drôle de ballet bien rodé. On utilise des chariots et la camionnette, bien que près de rendre un peu plus l'âme à chaque trajet. Cette journée dédiée à la paresse se transforme en journée d'efforts. Intenses. Mais joyeux. Mon père charge son juke-box des vieilles chansons des Creedence Clearwater Revival qu'il fait hurler à travers toute la propriété. Dans la maison, il remplit les cartons, puis Léo et moi filons les empiler au fond du terrain, près du hangar.

– T'es sûr que tu veux pas te séparer de tes vieux disques aussi ? Ça fait dix fois qu'on entend la même chanson !

Mon père sourit, sans réagir pour autant.

L'opération se déroule au pas de charge. En fin de journée, une espèce de tour gigantesque apparaît au fond du jardin. Plusieurs dizaines de cartons sont savamment rangés.

À peine si j'ai le temps de garder le chapeau mauve et noir à voilette que ma mère portait le jour de mon mariage. Je sauve quelques cahiers du déménagement. Des photos également. Léo enfile des vestes en cuir seventies de mon père. J'envoie immédiatement la photo à Claire, mi-amusée mi-curieuse de savoir ce que nous faisons. Je la rassure une fois de plus. Les clichés de mon père avec les bondieuseries de l'ancienne propriétaire dans les bras sont illico transférées à Coco, ravie de nous voir tous les trois aussi souriants. « On lui donnerait le bon Dieu sans confession », réplique-t-elle, toujours en admiration devant mon paternel. Une sorte d'allégresse nous anime tous les trois, sûrs que ce vide nous remplit de joie. On chante. Faux. Mon père boit encore plus de bières, et Gontran saute de carton en carton, un peu surpris de ce remue-ménage improvisé.

Le soir venu, Léo est exténué, je lui demande de s'arrêter. Il finit par m'entendre et, à la tombée de la nuit, je le vois dans la piscine faire la planche. Je le rejoins sur une bouée. Mon père s'assoit au bord et bat doucement des pieds dans l'eau. Gontran est allongé, totalement rincé lui aussi d'avoir joué à saute-mouton. De la piscine, on voit l'intérieur de la maison vide. Et en arrière-plan, la tour de cartons près du hangar au loin, totem salvateur. Mon père décapsule une bière, et pousse un soupir de soulagement.

– Merci, les gars.

Gontran se lève et remue la queue.

– On a fait du bon boulot, poursuit mon père. J'aurais pas pu. Sans vous. Je crois que j'avais besoin de votre soutien. De votre validation aussi. J'attendais peut-être secrètement que vous me disiez de tout jeter.

– J'ai rien dit, moi, précise Léo.

– C'est vrai, t'as raison, corrige son grand-père.

– Mais je crois que t'as raison de faire ça. Papa dit toujours qu'« Il faut faire le vide pour faire le plein », se moque-t-il en imitant ma voix – pas mal d'ailleurs.

– Il a raison, ton père, ça doit être un grand philosophe…

Mon père ricane. J'écoute sans broncher. Je ferme les yeux, les bras, les jambes, tout le corps fourbu mais satisfait. Je me laisse bercer par le courant. La mésange nous frôle sans jamais arrêter son drôle de manège.

– Et qu'est-ce qu'on fait maintenant ? je demande.

– Venez. Je vais vous montrer.

34

Nous sommes tous les trois devant la tour de cartons. Mon père attrape un jerrycan d'essence, sort une cigarette, l'allume en prenant tout son temps, tire une longue bouffée puis, dans un geste simple et ample, la jette au pied de la tour, qui s'embrase d'un coup.

Les flammes lèchent immédiatement l'ensemble. Un gigantesque brasero à ciel ouvert.

Les yeux de Léo s'écarquillent. De surprise ? De peur ?

Je préfère garder un œil sur mon père. Pourquoi ? Un geste, une erreur, je ne sais pas.

Le voici au pied du mur, face au feu, face à sa vie aussi, incapable de reculer, l'air à la fois ravi et inquiet. Les mâchoires serrées, les yeux brillants et pleins de larmes.

J'aime sa démarche. Tout vider, tout brûler, pour tout recommencer. Un nouveau départ. Victoire avait raison. Il n'allait pas bien. Il avait besoin d'une impulsion. Seuls Léo et moi pouvions l'aider.

Une fois le feu parti, une immense flamme se met à rougeoyer dans le ciel. Un brouhaha de bruits, de craquements, d'éclats, accompagne la mise à feu. Des sonneries de jeux d'enfants et de radioréveil retentissent, des boums et des bangs se succèdent dans cette tour qui s'embrase désormais. Mon père s'écarte, interdit, surpris par la majesté de son acte. Deux pas en arrière, je garde Léo contre moi, mes bras par-dessus ses épaules, encore sous le choc du geste salvateur de son grand-père. Le visage paternel n'est définitivement plus le même. Ses joues de hamster ont totalement disparu. J'assiste sans le savoir à sa résurrection, comme un hosanna païen, un feu de joie. Une renaissance.

Nous regardons les flammes s'élever au plus haut. La nuit tombe. Sombre. Éclairée par cette torche unique. Nous restons sans rien dire. Léo s'assoit, je le suis. Mon père reste debout, buvant bière sur bière, le visage cramoisi. Léo, épuisé, s'endort sur mes genoux. Des siècles qu'il ne s'est pas abandonné entre mes bras. Mon petit Léo. Mon père s'absente dans le hangar et ressort, avec à la main une bouteille de calvados qu'il débouche bruyamment.

– À la vie. À l'amour. À ton nouveau départ, dis-je, à voix basse, mon verre servi à ras bord.

Mon père garde le silence, ému par son geste. Ravi aussi.

Plus tard, dans la nuit, alors que le feu diminue, je raccompagne Léo dans sa chambre. Mon père s'allonge à son tour. Je ne sais pas s'il a encore pleuré, s'il a ri aussi, s'il a dormi peut-être. Avant de partir, il me glisse ces mots.

– Merci, me salue-t-il, non sans ajouter un affectueux « petit con ».

Et je souris bêtement à la nuit.

35

– Papa ! Papa ! Viens voir !

Léo est surexcité. Il arrive dans la maison torse nu, en sueur. Je me précipite avec lui à l'extérieur, à peine réveillé, ébloui par le soleil déjà haut et brûlant sur la peau. J'ai peur qu'il soit arrivé quelque chose.

Au fond de la propriété, près du hangar, le tas de cendres continue de laisser quelques flammèches s'échapper. Je vois le piano à l'extérieur devant une table que mon père dresse sur des tréteaux, et tout autour des guirlandes de lampions. À mesure que je m'approche, je découvre une belle nappe blanche, la nappe de ma grand-mère, toute brodée de couronnes de fleurs, jamais sortie, des assiettes, des verres. Rien n'est droit, toujours ces assiettes disparates, mais l'ensemble est harmonieux. Il règne soudain une ambiance de fête ; Léo s'applique à disposer au centre de la table un beau bouquet de fleurs cueillies dans les champs. Je compte les couverts. Trois. Mon père n'attend donc pas d'invités. À l'ombre, il a placé un grand plat sur une bouteille de gaz. Dans le plat, je vois mijoter du riz, du poulet, des grosses crevettes et des pois. Une vraie grande et belle paella généreuse. Je me penche pour sentir.

– Tu sais que la paella a été inventée pas loin ? fait-il au passage.

Je n'ai aucune envie d'avoir un cours de cuisine, encore moins d'histoire. Je préfère enchaîner.

– Mais pour quelle occasion fais-tu tout ça ? T'attends du monde ? je demande.

Mon père oublie ses explications.

– Oui, une invitée de marque sur le point de faire son entrée.

Le ton de mon père est sérieux mais serein. Presque apaisé. Sûr de lui. Il remue doucement la paella qui semble parfaitement prête désormais. Le riz enrobe le poulet bien grillé. L'odeur me donne terriblement envie de goûter.

– On va s'habiller maintenant. Elle ne va pas tarder, ordonne mon père.

– Victoire rentre ? Elle t'a appelé ?

– Non, ce n'est pas Victoire. Elle rentrera, mais pas aujourd'hui. Pas encore.

Il fait un clin d'œil à Léo.

– C'est Claire ?

– Pourquoi ta femme viendrait voir un vieux con comme moi ?

Pas faux. J'essaie de réfléchir. Mon père éteint le gaz. Nous sommes à l'ombre, les lampions virevoltent au vent léger.

– Allez, on y va. Faut pas tarder.

J'obéis à mon père.

Nous rentrons tous les trois dans la maison. J'entends mon père prendre une douche, idem pour Léo. Pourquoi cet empressement soudain à se préparer ? Je décide pourtant de les suivre et d'aller passer une chemise rescapée de ma jeunesse, perdue dans un placard. Quand je les retrouve au rez-de-chaussée, mon père et mon fils ont tous les deux mis une cravate. Léo en a piqué une à son grand-père. Ils se sont coiffés avec la raie sur le côté. Je pique un fou rire devant ce drôle d'assemblage.

– Ah bah, enfin ! C'est bon. On est tous là, s'esclaffe mon père.

Il attrape au passage l'urne de ma mère sur le plan de travail de la cuisine.

Et nous partons ensemble tous les trois en rang, du plus vieux au plus jeune, pareils aux Dalton, vers la table bien mise.

Mon père me montre ma place, celle de Léo face à moi, puis s'assoit entre nous en bout de table. Le voir avec une cravate m'interpelle et m'interroge. Que fait-il ? Que veut-il faire ? Est-ce ma mère l'invitée mystère ?

Je le crois. Mon père dépose l'urne de l'autre côté de la table, face à lui.

Léo s'empresse d'assurer le service. Gontran le suit dans tous ses faits et gestes, au cas où un morceau de poulet tomberait par erreur. Ce gosse qui ne se lève jamais de sa chaise à la maison, qui ne connaît même pas l'emplacement du lave-vaisselle, qui n'imagine même pas qu'il faille glisser les assiettes sales à l'intérieur, semble avoir gagné dix ans de maturité en quelques jours chez son grand-père. Il s'applique et sert des assiettes généreuses. Un peu trop même. Je crains qu'il n'ait hérité du gène excessif de son grand-père paternel.

Tous les trois servis, bien assis, mon père fait tintinnabuler sa cuillère sur son verre.

– Je voudrais porter un toast.

Mon père lève son verre.

– À toi d'abord, mon fils, Gontran. Je suis fier d'être ton père. Fier de tes choix. Fier de tes erreurs. Et si c'était à refaire, je ne ferais rien de mieux. Tu étais la fierté de ta mère, sache que tu es aussi celle de ton père. Merci de m'avoir éclairé, de m'avoir engueulé. Je ne sais pas si je changerai du tout au tout, mais je sais que je peux maintenant repartir du bon pied. Grâce à toi. Tu m'as mis un bon coup de pied au cul, et pour ça, je ne te remercierai jamais assez. Je voudrais aussi porter un toast à mon petit-fils. Pas facile pour toi d'être dans une famille comme la nôtre. Mais je t'aime. Ta grand-mère t'aimait beaucoup, elle aussi. Sache-le. Ne l'oublie pas. Ne l'oublie jamais. À Gontran aussi ! Je lève mon verre. Oui, redresse-toi. Mon chien. Sans toi, je ne sais pas ce que je ferais… je m'ennuierais. Mais tu sais me donner du courage. Surtout quand il faut sortir pour faire ta balade dans les champs. Toi aussi, tu me pousses au cul, mais au sens propre. Avant d'adresser mon dernier toast, j'aimerais qu'on mange. Parce que ce dernier toast, je le ferai ailleurs. Alors, mangeons !

Mon père ouvre les festivités. Je dévore sa paella, un régal, croquante et savoureuse.

– Définitivement, tu aimes beaucoup le riz, fais-je remarquer. T'as bien fait de venir t'installer dans cette région. Tu sais que c'est ici qu'a été inventée la paella ?

Je me moque. Il me donne une tape sur la nuque.

On boit, pas mal, le même petit vin rouge de la Rioja. Léo s'abstient. Mon père raconte des blagues, rit, manque même de s'étouffer quand Léo imite sa prof de techno, une vieille fille acariâtre à serre-tête et jupe plissée. Gontran partage aussi un peu de poulet, et repu, s'endort sous la table, non sans laisser échapper quelques bruits suspects. La légèreté est de mise. À la fin du repas, mon père fait sonner son verre une dernière fois.

– Avant mon dernier toast, je vais vous demander de vous lever et de me suivre.

Mon père s'avance alors vers l'urne de ma mère et la glisse dans un grand sac de jardinage déjà bien rempli, avant de nous conduire hors de la propriété. Gontran se réveille d'un coup, trop heureux de s'ébattre à travers champs. Et lentement, sous ce soleil plombant, nous avançons entre les vignes, puis nous grimpons sur la colline face à la maison de mon père. Bientôt, nous atteignons l'olivier.

Nous tentons de trouver un peu d'ombre sous ses branches peu fournies.

Mon père sort alors l'urne de ma mère, qu'il pose au pied du tronc.

Du sac de jardinage, il extrait un pied d'olivier encore un peu frêle et une pelle.

– Je suis allé le chercher sur la colline d'en face.

Il demande alors à Léo de creuser un trou à côté de l'autre arbre.

Mon fils s'exécute sans rechigner.

Je les regarde faire, un peu abasourdi mais heureux. Le trou est maintenant suffisamment grand pour y déposer les racines de l'arbre et le reboucher, avec un tuteur.

– Y a un peu de vent parfois. Faudrait pas qu'il s'envole. Maintenant, je voudrais qu'on fasse quelque chose tous les trois. Ce n'est pas facile. Mais j'ai bien réfléchi. Et je voudrais votre avis. J'ai envie de déposer les cendres de ta mère, de ta grand-mère, de ma femme au pied des deux arbres. En souvenir, en mémoire, et surtout pour qu'elle reste à jamais près de nous. Dans cette terre. Et bien visible, là, depuis notre maison. Qu'en pensez-vous ?

Sans réfléchir, je me lève, j'attrape l'urne de ma mère, je l'embrasse. Je la tends du bout des bras à Léo, qui fait de même. Mon père nous embrasse, puis nous attrape dans ses bras, l'urne entre nous trois.

– Elle mérite tellement mieux que le placard de la cuisine.

Je m'approche du petit olivier, et délicatement, précautionneusement, j'ouvre l'urne, protégée du vent. Et avec Léo et mon père, nous versons au pied de cet arbre encore chétif les cendres de ma mère. Puis nous faisons le même geste au pied du grand olivier. Sans trembler. Les cendres volettent, se figent et se glissent dans la terre. Je me redresse. L'urne est vide et la sensation d'être entouré par les bras de ma mère m'envahit et me réchauffe le corps tout entier. Elle est là, je le sens. Mon père reste en arrêt. Gontran vient se frotter à lui. Idem pour Léo, debout, incapable de faire un pas, ancré dans le sol. Ma mère est enfin retournée à la terre. Je ferme l'urne. Je la range soigneusement dans le sac. Et je me jette à genoux au pied du grand olivier, les yeux rougis, les mains pétrissant le sol, et j'éclate en sanglots. Des sanglots qui n'attendaient que cet instant. Mon père pose alors une main sur mon épaule gauche, Léo sur celle de droite. Gontran se met alors à hurler vers la cime de l'arbre. La mésange nous regarde du haut de son nid, entourée de ses petits, bien cachée au sommet de l'olivier.

– Et maintenant, allons trinquer, dit mon père, la main tendue.

Épilogue

J'enfile la casquette Rip Curl que Léo m'a offerte pour la fête des pères.

Je descends les dernières marches de l'avion.

Le soleil chaud me happe dès les premiers instants.

La mer est là, toute proche.

Claire est venue ce matin en réunion me kidnapper avec Léo. « C'est une urgence ! » a-t-elle déclaré. Michel, penché sur des clichés antédiluviens, au-dessus de la table de réunion, a levé la tête sans rien comprendre, pas plus que moi. Coco a souri, visiblement de mèche avec ma femme. « Joyeux anniversaire, mon chéri ! » m'a murmuré Claire, un billet d'avion pour la Grèce entre les mains.

Dans le taxi, j'ai retrouvé Léo, à côté de Manuel, son chien. Oui, on l'a baptisé du prénom de mon père. Un prêté pour un rendu. Ou un hommage. Au choix. Et oui, j'ai cédé. Un golden retriever adopté dès notre retour il y a bientôt un an à la SPA la plus proche de la maison. Devenu entre-temps la mascotte de tout le quartier. Léo s'en occupe merveilleusement bien. Surtout depuis qu'il a découvert qu'Emma, son ex-petite copine, promène son bichon maltais matin et soir dans la rue d'à côté. Ses lèvres brillent quand il rentre de promenade avec Manuel. Nul ne sait si c'est à cause d'un stick à lèvres au miel.

Claire n'a pas eu la promotion escomptée. Elle a trouvé mieux, chez son principal concurrent. Sans se forcer. Son premier parfum, *Mes Anges*, est un carton. Elle est radieuse. Plus apaisée aussi, je crois. Est-ce dû aux retombées inattendues de cette échappée chez mon père ? À son accomplissement professionnel ? Les deux, peut-être.

Victoire est revenue à l'hacienda quelques jours plus tard, après notre départ. Comme si de rien n'était. Elle a continué ses séances de yoga. Et mon père l'a demandée en mariage. Elle a accepté immédiatement. Le soir même, ils convolaient en justes noces au consulat de Valence. Décidément.

Chaque jour ou presque, pendant la promenade de Gontran, Victoire m'envoie une photo des deux oliviers. Le plus jeune s'épanouit, bien en terre. Ses branches frôlent celles du plus ancien. Les deux semblent discuter, se toucher, s'apprivoiser. Victoire sait-elle qu'elle m'envoie ses photos chaque jour à 9 h 37 ?

Je m'accroche à la rambarde.
Je respire.
Je souffle.
J'ai quarante ans.
Enfin heureux.
Presque serein.

Nous sommes bien arrivés en Grèce, à Paros, installés dans une belle pension, la pension Maria, toute blanche aux volets bleu ciel, au milieu de citronniers bien garnis.

Claire garde sa robe ample.

Léo court dans l'eau après Manuel excité par les vagues.

Et je porte ma main sur le ventre de Claire, déjà bien rond, prêt à rompre la tradition familiale de l'enfant unique de ma famille. Pour commencer une nouvelle histoire.

DU MÊME AUTEUR

Aux éditions Mazarine

COMMENT PAPA EST DEVENU DANSEUSE ÉTOILE, 2016

LE CLUB DES FEIGNASSES, 2018

Aux éditions Albin Michel

LA DIVINE COMÉDIE DE NOS VIES, 2021

Composition IGS-CP
Impression CPI Bussière en mars 2023
Éditions Albin Michel
22, rue Huyghens, 75014 Paris
www.albin-michel.fr
ISBN : 978-2-226-47418-6
N° d'édition : 24983/01 – N° d'impression : 2070182
Dépôt légal : avril 2023
Imprimé en France